建築 — 交響 — 夢

吳永順

序

龍炳頤

記得我修讀建築時，Ada Louise Huxtable 在紐約出道冒起，撰寫建築評論文章，文筆尖銳，影響深遠，後來成為美國「建築評論」界的翹楚，她曾說：「生活和休閒設施？美麗的都市風光？一切公益？沒有一項能抵消私利。」

Huxtable 感嘆地說：「現今社會，似乎在各方面正合謀地嘗試將人的生命和感情降至到最匱乏的底線，故此，人要獲得那份額外的尊嚴，就顯得無比重要。誠然，建築的藝術不單是強調建築風格，而是透過居住和工作的環境，提升人的那份自尊。值得思考的是，建築是否能夠增廣人對環境的體驗？是否能夠增加人的好奇心？是否能夠使人們弄明白，為甚麼一直從未如此對生命和情感的關注？」

吳永順兄 (Vincent) 在過去十六年，毫不間斷地寫了六百多篇的建築評論，實在與 Huxtable 有異曲同工之妙；Vincent 文筆更見真我，與社會接軌，他每篇文章中均以故事入手，表達出對都市發展或建築設計林林總總問題的關注，流露出建築師真性情。

「能觸動人心的，才是建築」，Vincent 到法國 Ronchamp「朝聖」，參觀大師 Le Corbusier 設計的聖母堂時曾感觸地說：「身處這不可思議的環境，我不禁流淚了。流淚，只因感動。感動，只因眼前所見的實在太美麗了，美麗得不可言喻……」。聖母堂在一九五五年完成，是為了迎接「梵蒂岡第二次大公會議」（簡稱梵二）所提出的禮儀更新，從而簡化聖堂內禮儀空間。

Vincent 在一九九五年間完成馬鞍山「天主教聖方濟各堂」的項目，為回應和配合梵二《禮儀憲章》，聖殿的設計極其簡潔和純淨，猶如 Le Corbusier 的聖母教堂的

簡潔。Vincent 一直在他的腦海裏，念念不忘地將在大學最後一年所寫的建築設計畢業論文「神聖空間的概念和精神」，傾囊而出，完完全全實現在聖方濟各堂的設計上。

再過十五年，Vincent 有機會設計另一項教會項目，重建位於銅鑼灣鬧市、有過百年歷史的公理堂（改正宗派）。此時，他經過二十多年的磨練，已達到爐火純青的境界，他在二十四層大廈的二樓聖殿和五樓小聖殿，分別用上不同的手法來採集天然光，將天然光帶進聖殿裏，營造出上主臨在的純淨和簡潔之神聖空間，務求達到神人共處的神髓。

Huxtable 提醒建築師說：「好的建築，乃是一項艱巨、不苟且、有創意和兼具魅力的規劃；但相對講求高效能和美感而言，好的建築，將呈現出近乎矛盾和難以捉摸的綜合體。」Vincent 的教堂建築項目，正正展現出對自尊、生命和情感的關注，充份兼具到「魅力和創意、矛盾和難以捉摸」的特質。

Vincent 多才多藝，彈得一手好鋼琴，又是水彩大師，他將音樂、繪畫、建築、哲學、宗教信仰融入一身；為了做一個「好」的建築師，Vincent 不但用「心」參與建築設計項目，還肩負海濱事務委員會主席，以及市區重建策略檢討和生物多樣性委員會等公職；更積極參與香港建築師學會事務，曾任會長；又擔任建築師註冊管理局副主席。為何參與這麼多事務？他自己解釋說：「面對現實，放棄理想？還是堅持理想，改變現實？從來都是建築師一生的抉擇。」「何時堅持？何時妥協？是一門藝術，但立即『跪低』的，就連妥協的機會都沒有了。」

Vincent 在「則場」拼搏凡三十多年，將三十年來在建築界所感所遇，輯錄成書，值得讀者以及「則師」深思細讀。祝願 Vincent 跑得更遠，跳得更高。今能為其新作撰序，有幸焉。

龍炳頤
教授，FHKIA, SBS, JP

序

林雲峰

Vincent 和我相識及在學會專業上合作超過二十多年，我們倆都曾先後擔任香港建築師學會的理事及會長。

終於很開心的聽到他說會出文集。很多年前，我已經鼓勵他應該將每週的專欄文章整理起來，以便流傳更廣，和更多讀者分享。

能夠獲他邀請為這本文集寫一篇簡序，我覺得很是榮幸。

很敬佩他多年來持續地每週都為專欄寫文章而且寫出新意，針對建築設計及城市發展規劃的議題，帶出他真誠和獨到的分析及見解。

作為一個資深建築師及城市設計師，除了本身的專業認知及學養之外，Vincent 做到了專業推廣，能夠和社會大眾分享，讓大家對身邊的都市環境多加思量；他能夠針對我們切身境地而用雋逸清朗的文筆將專業問題分析得淋漓盡致。在香港近年來，我看都沒有人能出其右的了！

他的文章實在是很有感染力。我們曾經說笑，有一些處理相關政策的香港政府官員，都是他的粉絲讀者，每週第一時間讀他的文章，看看在他的筆下，獲取了甚麼的成績和評價！

作為香港海濱事務委員會多年的委員及現任主席，他對海濱規劃建設特別有感情和擁有獨到的經驗，所以他的論述既具有權威性，亦令人津津樂道。

十年前，我們一起倡議及發起了香港城市設計學會，就規劃設計對城市的影響提出了香港獨特的角度和步伐。我們都可以算是有相若的建築及城市設計「信仰」吧！當時社會對保育的議題仍陌生，人們僅踏出創意保育的一

步。Vincent 在本書有關規劃及保育的章節中，道出了一個事實——在這個大都會，我們對周遭城市環境及歷史演變，已作出了人性化的尊重及踏上了探索的道路。

Vincent 著作豐富，這一本文集只是收錄了他部份精彩文章；誠然，有一些時候，當他簡介自己除了是建築師、城市設計師外，更是一位作家，這實在是當之無愧！我亦期待他繼續在這方面的創作及下一集出現，和社會大眾一起分享專業人士的心思，亦和同路人打造這個我們熱愛的、成長的地方，帶出滋潤的可持續元素！

林雲峰

教授，BBS, JP
香港建築師學會五十週年會長
香港城市設計學會創會會長

序

陳翠兒

建築物與植物有很相似之處,他們若是不被關愛,都會枯死。沒有愛心的灌溉、孕育和照顧,無論是植物或是建築,他們都不會成長。

想像若果每人都關注身邊的環境,把周圍環境的問題形同自身的問題,每人都致力的去改善無論那極小之處。這個共同的努力,會帶來無限創意和豐盛的可能性。

—— 安藤忠雄

認識吳永順 Vincent 已超過三十年,由大學建築學系一年級開始,大家在成為建築師的軌道上學習、發現和實現。 由始至今,Vincent 就像一個用心的園丁,不斷以他的建築、文章、言行灌溉着社會上美好的種子。亦藉着他的關愛,引發了不少公眾對於城市、建築和我們身處環境的關心。

Vincent 一年級時便很出眾,畫得一手很好的水彩畫。在一次的評圖中,老師給了他一個評語:「若根已壞了,任何的都不會好。」我想這是 Vincent 建築路上很重要的一句。樹的根就如建築物的地基,若是根基壞了,一切長出來的都不會好。大學建築一年級是重要的一年,奠定我們作為建築師的根本基礎。建築學系系主任黎錦超教授對我們的影響尤其深遠,他既打開了我們對國際主義 (Internationalism) 的世界觀,亦着重我們關注本土的文化、社會和地域特質。建築師的初心是為了建造更好的環境,當然作為建築師,我們要懂得如何的把這美好的理念和想像不放棄地建造出來。

Vincent 有他對一切感性的關愛,又兼容理性的實

踐。這特質表現在他的建築設計上和他十多年來所寫的文章上。就如同他設計的賽馬會善寧之家，建築外形簡約，着重空間虛實的連結，給予在世和離世的人一個安祥和平的感覺。正如建築，文章對人的影響力也不少。

Vincent 除了本身專職建築事務，亦參與了不少公務。他曾是香港建築師學會會長，目前是海濱事務委員會主席，亦是專欄作家。身份雖各有不同，但背後的意圖相像，以他的不同的位置，為社會帶來貢獻和影響。

作為建築師，他的建築為社會建造更好的環境。作為專欄作家，他的文章對城市發展的問題作出了批判和反思：有關於我們本土的建築；有對城市規劃的建議；關於建築保育對城市發展的重要性；亦包括香港以外優秀建築城市設計典範例子的分享。作為海濱事務委員會的成員和現任主席，他的文章當中不少和海濱規劃有關，也是理所當然。香港，顧名思義，海港是我們重要的公共空間，但自從有了地鐵和過海隧道，渡海比以前少了，我們和自己的海港反而多了點距離。城市發展着重經濟的考量，填海是增加土地和經濟重要收入。自然環境的一切，如山、海、空氣，都放在經濟發展大前提之下。Vincent 關於海濱的文章，提醒我們海濱規劃的重要，要有靈活管理，要為此城市如此重要的公共空間注進生命力，增加創意，推動近水的文化，為市民和香港建造優秀的近水公共空間。

文章的影響不可低估，影響着我們的想法和觀點。念一轉，境亦隨之。Vincent 努力了十多年的文章，是時候把它們彙集成書，藉此為我們城市發展應走的方向加點力。

現在的香港，充滿着挑戰，在重要轉化時刻，每一個決定都是舉足輕重。處於大時代，需要的是不亂的定力，智者的清晰，仁者的關愛，勇者的無懼。事情總是會過的，希望我們都能堅持 Vincent 文章中的關愛，成為我們渡過此危機的動力，不離不棄的繼續灌溉我城美好的種子。

　　功不唐捐，每一分力都不會白費。

Corrin Chan 陳翠兒
建築師
香港建築師學會副會長 (2019-2020)
香港建築中心主席 (2015-2019)
AOS 建築事務所董事

序

朱海山

都説建築是藝術和科技的結晶。她的觀賞價值是多角度、多層次的：她是氣候、文化、經濟、政策、法規和技術下的產物；她的論述不僅穿越時空、跨越歷史，還可以用不同的比例、維度去閱讀、去理解、去欣賞。

在建築教育的象牙塔裏，建築學院按自身的學術方向，把上述不同的命題細分、整合，循序漸進地把建築知識、技術和使命，傳達、訓練和感動學習建築的莘莘學子。建築之旅長路漫漫——四年學士課程和一年實習，再加上兩年碩士課程——整整七年的光景，才能孕育出一位建築畢業生。

因此，要認真地看待之，建築從來不是一門三言兩語就可窺全豹的學科。

然而，吳永順 VN 的這本書，引發我再反思建築教育的方法。書中七十多篇文章將上述的角度和層次穿針引線地展現出來，時而涉及藝術、文化、技術；時而遊走於經濟、政策和體驗之間，把建築和生活深入淺出地連結起來，成就了另類的建築教育課。也許，由在地的、貼身的生活例子出發，引領同學進入建築歷史和理論的思考，更能引起同學的共鳴和興趣。

認識 VN 轉眼二十五年了，知道他從事寫作已十多個寒暑。由最初提筆起稿，到今天和鍵盤配合得如行雲流水，真的不得不佩服他的毅力。他的文字不但活現了建築師獨有的天真爛漫和理想主義的本質，而且體現了建築師對建築和城市設計應有的不平則鳴、精益求精的態度和使命。

朱海山
教授
珠海學院建築系系主任

序：一生的「師父」

許允恆

我認識 Vincent 是在一九九九年，當時我還未入大學，只在香港大學專業進修學院研讀建築課程，當年教導我的老師便是 Vincent Ng——吳永順老師。我對這名老師的第一印象是「異類建築師」、名副其實的「長毛」一名。他第一堂便教我們，做建築師要有誠信 (Integrity)；而在最後一堂便教我們，做建築師要有夢想 (Dream)。

想不到二十年後，老師當年的一席話，切切實實地在工作上應用出來。無論在社會動盪的時候，或在經濟走下坡的時候，我們更需要抓緊自己的原則來活出建築師應有的德行。

Vincent 老師對我的教導並不限於課堂，當我後來到英國升學，畢業後求職，考專業試，以至學會管理上的事宜，他都無條件地教導我、啟發我。就算他的工作再忙，每一次我請他幫忙寫序、寫推薦信，他都只會說一句「OK，無問題」。他確實好像我建築路上的「師父」一樣照顧我。

作為他的學生，我其實並不明白這位老師為何會願意付出這麼多時間來處理海濱事務及擔任土地供應專責小組委員會等公職？這些公職不單是無償的義務工作，而且往往有辱無榮——無條件的付出之餘，還要受到不同人的批評，甚至粗口招待。其實他作為香港建築師學會前會長、太平紳士，他早已名利雙收，根本犯不着去做這些「苦差」，這又一再反映出他對建築和都市規劃原則的理想和堅持。

得知 Vincent 多年的散文結集成書，對建築界的同業、以至普羅市民來說都是一個好消息。因為大家可以從

不同的角度來了解並分析我們城市的變化和不同設計的因由，由他來為我們導讀這個城市的建築。

我對師父的教導當然無言感激，希望我們作為下一代的建築師能繼承上一代的付出，繼續為這個城市的未來努力。

許允恆
香港 / 英國註冊建築師
建築專欄作家
香港建築師學會義務財務長 (2019-2020)

自序：建築，一個實踐夢想的旅程

「怎樣的城市，便有怎樣的建築。」一個地方的建築，反映着當地的歷史文化和社會價值觀；同樣地，城市規劃和建築設計也會影響當地人民生活。

建築既是藝術與科學的結合，也是一個實踐夢想的旅程。從無到有，從設計到建造，當中必然會遇上重重困難，建築師就要想盡辦法一一克服。因此每幢建築物的背後，都滿載建築師的心路歷程。這些故事，可能比單看建築成果更能發人深省。

筆者當建築師超過三十年，近二十年來也曾參與不少社會上包括市區重建、土地供應和海濱規劃等領域的公共事務，每天遊走於理想與現實之間，可以說是「帶着矛盾做建築」。不過，筆者這個建築師成為兼任專欄作家，卻緣於一個偶然。

還記得，二零零五年的一天，一個曾經訪問過筆者的報章記者來電問：「可以幫忙寫專欄嗎？」筆者猶疑了一會，答：「這怎可能？我不懂寫作的。我的中文寫作恐怕只有中五程度，事實上，中學畢業後便甚少書寫中文。」豈料對方說：「你講嘢咁叻，寫返你講嘅嘢就冇問題啦。」而我——竟然相信。

自此之後，筆者便過着每週執起筆桿爬格子的日子，至今已十六年。

這本書，便輯錄了筆者十六年來在報章專欄上發表的一些較有代表性的文章，也有筆者在個人網誌上分享的一些隨筆，內容包括對建築尤其是海濱發展的個人經驗，也

有對各地著名建築設計的觀察，希望可讓讀者更深入地欣賞建築，並可以從不同角度了解我城的建築、規劃和城市設計。這本書，也為香港在踏進二十一世紀以來的城市發展作一個記錄。

第一章以「建築迷思」作開端，講述的是一些世界級建築師的故事和他們的作品，當中包括法蘭克·蓋瑞、札哈·哈迪德和磯琦新等。他們有曾在香港興建作品的，也有跟香港擦身而過的。文章記載了他們對香港建築環境的一些看法。雖然大師們的建築設計風格各異，但卻擁有一個共同態度，就是不論遇上任何困難，都會「堅持理想，永不放棄」。就如安藤忠雄所說：「建築，就是連場苦戰。」

第二章是「我城漫步」。筆者會帶讀者遊走香港，發掘不同建築物的特色和背後的故事。也許不同人對不同建築物有特別的體驗和回憶，本章收錄的正是筆者個人最為之觸動的建築，包括陪伴着筆者成長的中學和大學校園，也有筆者鑽研多年的教堂建築設計，以及兩項親自參與的作品——中華基督教會公理堂和賽馬會善寧之家。

第三章是「海濱穿梭」。維多利亞港是香港的象徵，但百年來移山填海的城市發展模式令海港越來越窄，海濱離市民生活也越來越遠。筆者自二零零四年參與維港海濱的規劃發展工作，目的便是實踐「還港於民」的願景，與同仁合力把維港兩岸的海濱各自連接成延綿不絕的海濱長廊，並於其間配置各種設施和裝飾，供市民享用，過程中自然面對不少困難。本章會從多角度詳述從願景到落實的經歷和多年以來的「進化」過程，並帶一眾讀者暢遊各段落成啟用的海濱長廊，欣賞每段海濱的特色。

第四章是「城市規劃」。香港是全世界居住人口密度最高的城市之一，建築物向高空發展，成為舉世聞名的垂直城市。高密度發展使香港成為一個高效率和充滿生命力的城市，但同時亦衍生了不少獨有的社會現象，例如土地供應短缺而產生住屋又貴又細又擠迫等問題。本章會探討香港從城市規劃到住屋和商業建築設計當中的演變，從而尋找一個邁向更宜居城市的方向。

　　第五章是「重建保育」。筆者曾說過「香港是個沒有記憶的都市」。一直以來，城市要發展，拆舊樓、建新樓是理所當然。因此，城市發展，市區重建，令不少舊街道、舊建築逐一消失於推土機下。二零零六年的天星、皇后事件觸動了民間對保育文物的訴求，從而引發政府對此的重視。本章收錄了幾項本港近年的保育項目，包括筆者公司曾參與的雷生春、亞洲協會香港中心、中環街市和皇都戲院等。

　　第六章則是「境外散策」。建築不能單用眼睛觀看，更要用五感去體驗。作為建築師，每逢假期必定會出外「朝聖」，親身感受世界各地的城市設計和建築，及尋訪建築大師的作品。本章會與讀者同遊倫敦、東京、直島、威尼斯、首爾、悉尼、斯德哥爾摩和奧斯陸，考察各地的建築、保育和海濱發展，看看有些甚麼可讓我城借鏡。

　　這本書的六個章節，各不從屬，但又互相交織，就像一首交響樂。因此，筆者把這本書命名為《建築‧交響‧夢》，獻給所有為實踐夢想而奮鬥的人。

吳永順
二零二一年五月

鳴謝

龍炳頤教授 SBS, JP

林雲峰教授 BBS, JP

朱海山教授

陳翠兒建築師

許允恆建築師

AGC Design Limited

海濱事務委員會

發展局海港辦事處

安泰

鄭志煌建築師

江德豪建築師

林中偉建築師

郭家俊建築師

目錄

1 建築迷思

2 我城漫步

3 海濱穿梭

城市規劃

重建保育

6

境外散策

1

建築迷思

香港的建築，很悶？

「香港的建築，很悶。」荷蘭新世代建築師樓 MVRDV 的創辦人韋尼．馬斯 (Winy Maas) 這樣説過。

有人說是因為香港沒有欣賞建築的文化，也有人說是香港的建築師太現實之故。

依筆者看，香港建築師不是沒有創意，只是創意空間太過狹隘。一來受制於賺錢為本的發展商，二來局限於僵化的《建築物條例》。

香港的《建築物條例》，除了有地積比率 (Plot Ratio) 的限制外，還有覆蓋率 (Site Coverage) 的限制；前者規管建築密度，後者規管每層平面與地盤面積的比例。比方說，在一個三面向街的丙類地盤，住宅的覆蓋率是 40%，若然地盤面積是一萬平方呎 (英尺，下同)，那麼每層住宅樓面便不能多於四千平方呎。

不過，條例亦容許樓宇高度離街道地面的首十五米，若作非住宅用途 (例如商店和停車場) 覆蓋率可以增至 100%，於是便衍生了隨處可見的基座式 (或稱平台式) 建築。高高的塔樓放在平台上，成為典型的建築形態。近二十年的城市規劃，地盤愈劃愈大，像將軍澳，像西九龍；於是平台也愈變愈大，內裏是巨型商場和停車場。「一幢幢的住宅插在平台上，」文化界的朋友說：「像生日蛋糕上的蠟燭。你們建的，都是蛋糕樓。」

自八十年代開始，屋宇署豁免住宅窗台不用計入建築面積，「作業指引」規定窗台須離地面和天面各五百毫米，凸出外牆不過五百毫米，每個房間最多只能有一個窗台。於是住宅單位的客廳和睡房都有窗台。多層住宅的窗台設計主導了住宅建築的外表，從遠處看，一粒粒的窗台貼在

城市

陳照骨科

■ 香港寸金尺土，建築物以高密度見稱。不同年代的發展商都以「炒到盡」為目標，在《建築物條例》容許的情況下設計出最大樓面面積的樓宇。

■香港的公共建築
主要由政府建築
署的建築師設
計。中央圖書館
的「後現代主義
式」設計，曾在
九七年前後的設
計期間惹來香港
前所未見的建築
美學爭議。

住宅的外牆上，像粟米。朋友又說：「香港的住宅，是粟
米樓。」

哈！原來除了屏風樓和發水樓外，還有蛋糕樓和粟米
樓。

二零零一年，為鼓勵環保建築設計，政府豁免環保露
台計入建築面積。條件是，每個單位「贈送」環保露台一
個，面積不多於單位實用面積的 4%，上限為五平方米。
到零二年，再送晾曬衣服用的工作平台，每單位上限 1.5
平方米。於是無論單位大小樓層高低，也不論座向景觀，
統統增設露台和工作平台，一個都不能少。從此住宅樓外
牆上除了一粒粒的窗台外，又多了一粒粒的露台。

曾有建築師問：「高層景觀好，可否在景觀較差的低
層不建露台，把豁免面積轉移到高層？」官員說：「不可
以，這不合指引的要求。」建築師又問：「那不如只在高

■ 香港的住宅設計以「炒到盡」為目標。環保露台窗台獲得豁免樓面面積，住宅不論大小都紛紛增設。一粒粒的露台和窗台掛在外牆上，就像一枝枝的粟米。

層建露台，好讓設計更多元化，買家也有選擇。」輪到發展商說：「不可以，政府送的，怎會不盡取好處？」

起初，發展商還可選擇把環保露台和工作平台合併，變成更大的露台。後來政府認為這有違原意，露台是住客起居之用，工作平台是用作晾曬衣服，二者不應合而為一。於是最近的設計圖則便被迫要把兩者分開，令外牆又多了一粒粒的工作平台。其實既然兩者皆是豁免面積，又何須斤斤計較如何設計？難道日後住客在環保露台晾衣，在工作平台吃早餐，你政府要來制止？

地產商以「炒到盡」的思維主導建築設計，地積比率所限的建築面積一寸不能少，贈送的窗台露台住客會所等亦「食得唔好嘥」。結果建築物有如千人一面，建築師的設計空間只有揀顏色和小修小補的裝飾線條。有建築師更諷刺地說：「這叫死人化妝。」

難怪幾年前建築大師弗蘭克·蓋瑞（Frank Gehry）說：「香港有很多建築物，但堪稱『建築』的卻不多。」世界建築正在邁向創意和多元化的軌跡前進，香港卻愈來愈悶。怎辦？

（寫於二零零九年二月）

建築，還是有晴天

■ 蓋瑞設計的西班牙畢爾包古根漢博物館，一九九七年落成後吸引每年過千萬人前來「朝聖」，甚至把瀕臨凋零的城市「起死回生」。

「建築，可以改變世界。」電視劇的男主角是個有設計天份，對建築充滿熱誠的建築師。

他說：「西班牙畢爾包 (Bilbao) 本是個不見經傳的工業城市，建築大師弗蘭克・蓋瑞在此建了個古根漢博物館 (Guggenheim Museum)，頓時吸引了每年過千萬朝聖者，把城市起死回生。」於是，他的設計方案贏得了客戶的青睞。

劇集少不免要忠奸分明。演奸角的，是個不擇手段，只管建豪宅、屏風樓而罔顧環境影響和空氣質素，凡事向錢看，懶理五十年後沒有冬天的建築師。

那個建築師樓老闆更過份，為了不建屏風樓，在下屬與客戶會議中途破門而入，親手推掉一宗大生意。

現實生活中，誰會這樣做？現實生活中，哪個建築師

從未參與過屏風樓的設計建造？你不幹，總有別的人會幹啊。

聽過一個年屆七十五歲的建築師親口說的一件真人真事。

幾十年前，那位建築師的事務所一方面承接了許多住宅、辦公樓等地產項目；另一方面，他卻把自己住的屋子設計得與別不同，當中用了大量金屬物料，沒有一條垂直線。有一天，業主到建築師的家參觀，看過建築師的屋子後便問：「如果你喜歡這樣（的設計），你怎會做那些（地產商的）工作呢？」建築師聽罷，想了一整晚。第二天回到辦公室，把公司的三分二員工辭退了。

這個人，正正就是畢爾包古根漢博物館的設計者——舉世聞名的弗蘭克·蓋瑞。

■由蓋瑞設計位於捷克布拉格的荷蘭國民人壽保險公司大樓，有「跳舞的房子」（Dancing House）的綽號。

建築迷思

香港的建築師樓老闆，會跟飯碗作對嗎？筆者也不會，同事們大可放心了。

「建築是藝術。」所有建築入門的書本都這樣説。哪個讀過建築的不知道？理想與熱誠，哪個建築師從來未有過？

不過，在香港這城市，更多人以為建築是地產。這倒也不足為奇，不久前，許多人也以為搞西九等如搞地產。

在「以錢為本」的城市，建築師出道要學的基本功，就是「炒盡」地積比率；建最多的面積，最大的實用率，和最多的海景。所有不用計入建築面積的設施：如環保露台、空中花園、窗台、工作平台、住客會所等，都盡可能包攬在設計中，缺一不可。要打造豪宅特色，還要懂得古典宮廷羅馬式設計，鋪雲石貼金箔吊水晶燈更是不能避免。

廚子總不能煮出主人不吃的餸菜。建築師的設計，也不可能超越地產商的品味。

城市規劃把土地的建築密度訂得高，地產商又真金白銀把昂貴土地買下，又怎不能賺到盡？

做建築師，又要面對多個政府部門的重重限制。有規劃署、地政署、屋宇署、建築署、消防署、環保署、運輸署、路政署、渠務署、機電工程署、水務署……招架完這些各自為政的部門，還有餘力講理想、談創意，又剩下多少人？建築師不能不學習妥協。最後，連設計也妥協了。

還是那一句：「怎樣的城市，便有怎樣的建築。」

那一年，蓋瑞來到這城市，他説：「我被香港山巒起伏和廣闊海港的城市景觀深深吸引，但香港的建築，可以做得更好。」

面對現實、放棄理想？還是堅持理想、改變現實？從來都是建築師一生的抉擇。

(寫於二零零八年一月)

■ 蓋瑞認為香港山巒起伏和廣闊海港的城市景觀深具吸引力，但香港的建築，可以做得更好。

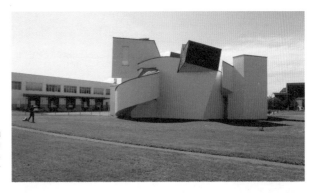

■ 德國維特拉園區（Vitra Campus）內的設計博物館是蓋瑞在歐洲的首項建築設計。

■ 香港半山的一座住宅傲璇（The Opus）由蓋瑞設計

觸動人心的，才是建築

聽過不少人說：「讀建築的，世上有一個地方不可不到。這就是位處法國東北部廊香小鎮的聖母教堂 (Chapelle Notre Dame du Haut, Ronchamp)。」

筆者到過歐洲多次，每次因為行程關係都未能到訪這「不可不到」之地。那一次，下定決心，從瑞士巴塞爾市 (Basel) 出發，穿越瑞法邊界，到那年夏天歐洲朝聖之旅的最後一站——廊香教堂，探訪這座建成於一九五四年，由二十世紀現代主義建築大師勒‧柯比意 (Le Corbusier) 的畢生代表作。柯比意亦一反他一直以來的方正建築常態，造出這座不規則的前衛建築。

車子在山腰的停車場停下，我們沿山路往上走，這外形獨特有如一座巨型雕塑般的教堂終於在山頂出現了。教堂外牆是表面粗糙白色的水泥牆，上端是個往上翹的混凝土屋頂。這個厚厚的弧線形屋頂，遠看就着像一艘船架在教堂上方。有說這是代表救贖的方舟。也有說，整座建築就像一雙迎着上帝的手。事實是，教堂四面的立面，都有着不同的構圖。

細看白色外牆，傾斜而彎曲的牆上開着高低錯落、大小不一、且不同形狀的窗子。走到東邊，外牆就是個戶外聖壇。祭台、講道台和聖歌團的座椅，都面向着大草原，好讓教會舉行大型戶外禮儀和集會。此外，從外面可以看到三幢拱形屋頂的高塔，高塔裏面就是小聖堂。

我們在外走了一圈，然後從側門走進教堂。教堂內是一片寧靜，眼前的景象卻令人為之震懾。這一刻，我愕住了。

在迎面的牆壁上，可見天然光線穿過那些高低錯落大

■ 廊香教堂的戶外聖壇，可讓宗教禮儀在室外的大草坪進行。

■ 到廊香教堂，要走過一段洗滌心靈的山路。

小不一的窗戶，有如射燈般撲面而來。這些光，有直接從窗戶透射進來的，也有厚牆的側面反射的。身處這不可思議的環境，我不禁流淚了。

流淚，只因感動。感動，只因眼前所見的實在太美麗，美麗得不可言喻。

還記得，上一次有這個感覺的，是在二零零四年到訪安藤忠雄設計的光之教會。其實安藤在上世紀六十年代當建築師前也曾到此一遊，亦大受感動。「那來自四方八面充滿暴力的光線，像向我襲擊般，打着我的軀體。」安藤曾這樣說。那時候，他還是個拳手。毋庸置疑的是，安藤往後的作品，深受柯比意的啟蒙。

定睛再看，每個窗戶都有畫上不同圖案的彩色玻璃，柯比意就是要把色彩引進聖殿，透過玻璃窗又可看見外面大草原的景色。屋頂和牆壁之間有一道約十公分寬的縫隙，一道光從縫隙透進來，分開了牆壁與屋頂，

■ 廊香教堂室內的
聖壇佈置

■ 光線從大小形狀不一的窗戶透過厚厚的外牆射進教堂室內，造
成震懾的效果。

像把屋頂浮起。那外邊看來重甸甸的屋頂，在室內卻變得
輕盈起來。

　　我走到靠在這幅光之牆的一排座椅坐下，前面就是教
堂的聖壇，祭台就在中央，祭台左面是讀經台，右面是十
字架。聖壇背後的牆壁右方有另一個窗子，窗子與戶外的
聖壇連接，而聖母像就放在窗子背後。

我面向聖壇，作了這樣的禱告：
「感謝主，我終於來到了。求全能的
上主憐憫，並賜我一顆堅毅的心，繼
續以建築榮耀祢。」

離開座位，走在這空曠而神聖的
空間，不經不覺，來到教堂後面的一
座高塔下的小聖堂。只見一道柔和的
天光從上而下，灑在圍繞着祭台那彎
曲的高牆，再讓牆壁反射的光線照亮
了祭台。我在想：「這座教堂打破傳
統常規，但卻不失教堂所需的莊嚴和
神秘感。柯比意的魔法實在驚人。」

我走到祭台旁邊，定睛仰望着
頭頂的天窗，記起了柯比意說過的
一段話：

You employ stone, wood and
concrete, and with these materials
you build houses and palaces. That
is construction. Ingenuity is at work.
But suddenly you touch my heart,
you do me good. I am happy and
I say, "This is beautiful." That is
Architecture. Art enters in.

對，能觸動人心的，才是建築。

（寫於二零一三年九月）

■教堂內一旁的小祭台，一道天光從上而下灑在
彎曲的牆壁上。

1

懷念札哈・哈迪德（一）——一切從香港開始

二零一六年三月三十一日深夜，從網上獲得消息，曾獲二零零四年度普立茲克建築獎（Pritzker Architecture Prize）的札哈・哈迪德（Zaha Hadid, 1950-2016）因心臟病在美國邁亞密醫院辭世，享年六十五歲。

身為當代國際建築界巨星的札哈，事業如日方中，作品在世界各地仍在不斷進行。她突然離世的消息，令整個建築界震驚不已。

當今世上，不少世界級建築大師，像法蘭克・蓋瑞、霍朗明（Norman Foster）和磯崎新（Arata Isozaki）等，八、九十歲高齡仍然非常活躍。貝聿銘（I. M. Pei）在二零一九年五月離世，也活到一百零二歲。札哈在六十五歲之年離我們而去，實在走得太早。

讀到她的新聞，主要是有關二零二零年日本東京奧運體育館的爭議。札哈贏得了設計比賽，卻因設計及建造成本上升問題而備受批評。反對者認為札哈作品外形太誇張，與環境不協調，而且造價高昂。反對者中，還包括當地的建築師。雖然札哈企圖力挽狂瀾，提出修改設計以減輕建築成本，但最終在二零一五年中被終止合約。後來當局更重新另聘日本建築師隈研吾（Kengo Kuma），以被認為與札哈設計相像的新設計取而代之，令札哈感到深深不忿。筆者對此毫不尊重建築設計比賽精神的舉措，非常不認同，且替札哈感到不值。

二零一六年二月，札哈榮獲英國皇家建築師學會頒發皇家金獎（RIBA Royal Gold Medal），以表揚她在國際建築界的貢獻與成就。

札哈的一生，就是這樣的充滿傳奇。她在香港留下

的作品，是二零一三年落成的理工大學創新樓（Innovation Tower）。筆者有幸曾作她的工作夥伴，在創新樓項目中擔任本地建築師，負責處理政府部門審批和工程合約管理的工作。過程中深深感受到札哈和她的團隊與別不同的工作態度。回想與她的合作，每一刻都是啟發。

其實，札哈對香港，有一份深厚的情意結。還記得，創新樓開幕那一天，她的多年拍檔帕特里克·舒馬赫（Patrik Schumacher）演講，首張幻燈片便是這樣寫着："It all started in Hong Kong!!!（一切從香港開始。）"

故事要從一九八三年說起。那一年，香港舉行了一個名為「The Peak, Hong Kong」（香港山頂項目）的國際建築設計比賽。這是一個在太平山山頂的私人會所項目，吸引了不少來自世界各地的建築師參加。最後勝出的，就是來自英國的札哈。

比賽的評審團中，包括當年已在國際享負盛名的著名建築師理查·麥爾（Richard Meier）及磯崎新。二零一二

■ 香港理工大學創新樓於二零一四年三月開幕，是札哈在香港的唯一永久性建築作品。

建築迷思

年五月，磯崎新因為中環街市活化項目「漂浮綠洲」而來港，他竟然跟我說起一段關於當年山頂項目設計比賽的小插曲。

原來，札哈的作品，可能因為太天馬行空和大膽前衛，早在初選已被主辦者否決。但磯崎新卻從被「篩走」的作品中，「救回」札哈，她的設計最終更奪得冠軍。

「看來看去都沒有一個作品看得上眼，於是我往『篩走』了的作品中找，竟然找到一份挺突出的，我覺得這就是冠軍。這個決定獲得了主辦者的支持。由於比賽是匿名的，我們根本不知道作者是何方神聖。」磯崎新說。「當知道得獎者是來自英國的札哈時，我看名字不像是英國人，連對方是男性還是女性都搞不清楚。」他笑着說。

當年，磯崎新力排眾議，點石成金，成為找到千里馬的伯樂。而札哈贏得比賽，一夜成名。

可惜的是，山頂項目最終沒有興建，成為札哈內心的一個遺憾。

情況雷同的是，磯崎新參與的「漂浮綠洲」，後來亦遇上了重重障礙，結果也是胎死腹中。

（原文寫在二零一六年四月，於二零二零年七月修訂。）

■ 札哈在一九八三年於香港山頂項目建築設計比賽的摘冠之作

札哈 · 哈迪德成名背後的艱辛歲月

　　一九八三年香港山頂項目設計比賽雖令札哈 · 哈迪德嶄露頭角，但該項目最終卻沒有興建，成為札哈生命中的一個遺憾。

　　山頂項目沒興建，有人說是因為札哈的設計太過大膽前衛，不切實際。其實，這些評論可以套用到幾乎札哈所有的作品。但事實是，業主因財政問題而放棄了項目。

　　不過，認為札哈的前衛設計太不切實際的，實在大有人在。雖然她因山頂項目設計比賽而一舉成名，但卻並未因此而取得任何實際建築合約。她在獲獎後多年仍只是一位「紙上建築師」。

　　後來，一家瑞士家具設計製造商維特拉 (Vitra) 在瑞士與德國交界、處位於萊茵河畔的小鎮魏爾 (Weil am Rhine) 的廠房遭受大火破壞，需要重建，該家具商欲找享負盛名的建築師負責設計，找上了札哈。但家具商老闆最終認為札哈不適合設計實用的廠房和辦公室。既然廠房區需要一幢消防局，札哈便獲委任設計一座兩層高的消防局。於是，維特拉消防局便成為札哈人生首座真實的建築。

　　維特拉消防局於一九九三年建成，是一幢外形奇特，四處尖角、東歪西斜的建築物。從山頂獲獎項目到首幢真實建築物落成，札哈足足等了十年。

　　可惜，消防局的落成並未為札哈帶來源源不絕的建築合約。相反在一九九四年，札哈又再陷入失意。當年，札哈從二百多名參賽者中脫穎而出，贏得了英國卡地夫歌劇院 (Cardiff Bay Opera House) 設計比賽冠軍。但該作品卻被政客批評得體無完膚，認為是天馬行空，根本沒法建

■ 維特拉消防局於一九九三年落成，是札哈首個真正實現的建築作品。

造。最終政府拒絕撥款，令得獎項目胎死腹中。

「我們實在遭到極差勁的對待，我根本不知到他們要甚麼，只知道他們不讓我做建築師。」札哈在一個訪問上氣惱地說。「人們認為我們的繪圖難以理解，但其實我們有不同的手法去表達該建築。我認為這個設計根本不難建造。」老實說，札哈這個歌劇院的設計相對於她的其他作品，實在已收斂不少了。札哈歸咎於英國政客對她的偏見，因為她是女性，又因為她是外來人（札哈在伊拉克巴格達出生）。

這個決定令札哈非常失望，甚至產生放棄建築生涯的念頭。幸好得到拍檔帕特里克・舒馬赫的鼓勵，繼續不屈不撓地創作。但在自己成長的英國，一直得不到賞識。要到二零一二年的倫敦奧運，才有第一幢主要作品——倫敦游泳館（London Aquatics Centre）出現。

札哈認為，卡地夫事件就像一道魔咒，令她的事務所在上世紀九十年代陷入低潮。

我不知道，那麼二零一五年東京奧運場館，又是否對札哈的另一道魔咒？

札哈長期面對着懷疑的眼光，堅持信念，艱苦搏鬥

■ 由札哈設計，於二零零九年落成，位處意大利羅馬的國立二十一世紀
藝術博物館（MAXXI, The National Museum of XXI Century Arts）。

二十年。她的光輝日子，到千禧年代才降臨。二零零四年，她獲頒世界建築界最高榮譽的普立茲克獎，成為獲得該獎項的首位女建築師。［往後獲獎的女建築師有二零一零年的妹島和世（日本），二零一七年的卡梅·皮格姆（Carme Pigem，西班牙），二零二零年的伊馮娜·法雷爾與謝莉·麥克納馬拉（Yvonne Farrell & Shelley McNamara，愛爾蘭）。］

　　札哈對香港這令她闖出名堂的地方念念不忘，一直希望在香港設計一幢建築物。二零零七年底，山頂項目設計比賽獲獎後近四分一世紀，札哈終於如願以償，贏得香港理工大學創新樓的設計合約。經過六年多的艱苦經營，創新樓在二零一四年三月開幕。

（原文寫在二零一六年四月，於二零二零年七月修訂。）

■ 札哈另一作品廣州歌劇院的室外斜坡

■ 廣州歌劇院室內的公眾空間

懷念札哈・哈迪德（二）——相信，所以看見

　　札哈・哈迪德是一代建築女王。她的建築永遠挑戰常規，往往與主流價值觀產生矛盾，成名二十年還是過着艱辛的日子。她雖然在英國成長，但遲遲未能獲得保守的英國人垂青，反而她的作品在歐洲和亞洲各地大放異彩。

　　有一次看報道，邁亞密的一座停車場決定棄用札哈的設計。報道指出，札哈在二零一一年獲邁亞密市政府聘用，在邁亞密海灘區設計一座停車場及公眾廣場。札哈首個設計，預算費用達五千萬美元，超出了原來預算的二千七百萬美元幾近一倍。後來，札哈把設計修改讓建造費降至二千四百萬美元。設計合乎預算，理應落實興建。但當地官員卻對修改後的設計不滿，認為失卻了原有的「神采」，決定另覓建築師進行該計劃。

　　看罷這篇報道，實在令人感到唏噓。札哈在二零一六年三月三十一日於邁亞密逝世，才不過三週，當地竟隨即公佈放棄計劃。不禁令筆者腦海翻起四個字：「人走茶涼。」

　　要成就一幢建築物，並不是建築師一個人的事。沒有業主的聘用和付鈔建造，不管你的設計如何優秀，都只會停留於圖紙上。而札哈的設計，更往往向難度挑戰，幾乎注定困難重重。事實是，要把札哈的建築實現，除了在費用和時間上要有較寬鬆的預算外，業主的信任和堅持亦非常重要。

　　二零零八年，札哈在香港便遇上了真心欣賞她的業

主——香港理工大學。不過,要實踐,還是會經常遇上一些價值觀上的矛盾。

香港人,口說要創新,骨子裏卻非常實際,不願冒險。大部份業主想要的建築,最好是實用率高、價錢便宜、快速興建、容易審批和方便管理。建築師就在這重重框架下「自由地」創作。

且聽以下兩個發生在當年的故事。一個是筆者親身的經歷,另一個是聽來的。

在零八年初的一天,理大向外宣佈聘任札哈為創新樓的建築師。在一個午宴上,筆者剛好坐在札哈旁邊,而理大的一位高層便坐在對面。札哈在簡介設計後回到席上,在準備用餐之際,忽然該高層向她發問:「窗子怎樣抹?」

聽此一問,筆者一面佩服大學領導層的遠見與勇氣,一面卻暗裏嘀咕:「你聘了札哈,就不要問『怎樣抹窗呀?會不會三尖八角呀?實用率高不高?』等問題吧。」

札哈而對這突如其來的問題,不以為然地的輕聲說:「這是沒問題的。」然後低頭繼續吃面前的沙律。

我猜想在那一刻,札哈對「如何抹窗」這個問題是沒有答案的。窗子怎抹?終會解決吧。札哈設計以理念和形態為主導;若因維修管理問題而局限設計,便是本末倒置。要容易抹窗,建個四方盒便成了。

另一個故事,關於城市規劃。零八年中,札哈的設計定案後,突然傳來城規會要為該區的分區計劃大綱圖訂

■ 二零零八年初，札哈（右二）與筆者（右一）在香港理工大學創新樓地盤視察。

立高度限制，而理工大學所有建築物均不能高於水平基準以上四十五米。札哈的大樓設計是七十米高，超出了新限制。團隊面前只有兩個選擇，一是改設計，一是向城規會申請放寬高限，否則入則定不獲批准，項目便無法進行。有見及此，大學當局便決定向城規會提出申請，但為保險計，希望札哈做一個「後備方案」。

僱主這樣要求，換上別的建築師，怎會不聽命？豈料札哈卻一口拒絕了：「我沒有 Plan B，創新樓是理大校園的地標，要建矮的，你給錢我也不會做。」

於是顧問團隊唯有懷着破釜沉舟的心態，勇往直前地做好報告向城規會申述，最後方案獲得通過。札哈對設計的堅持，令筆者感觸良多：「香港的建築師，誰會有札哈這樣的霸氣？」

作為她的工作夥伴，回想那六年間的合作，當中得到不少啟發。事實是，身為建築師，面對札哈的設計，連自己都不時充滿疑惑地反問：「這是真的可行嗎？要建，怎樣建？」不過，札哈與她的同伴，就像迷霧中的領航員，引着團隊一步一步把理念實踐。

於是，我領略到：「當人人覺得沒可能的事情，她卻看見可能。因此，她做到了別人做不到的事情。」

能夠跟札哈團隊合作，實在是筆者一生中的榮幸。

（原文寫在二零一六年四月，於二零二零年七月修訂。）

■ 札哈的創新樓設計以外立面的橫向線條呼應理工大學校園的建築群

■ 理大創新樓的高空透視圖

理大創新樓——讓創意啟發創意

　　紅磡香港理工大學校園內有一幢外形奇特的流線形建築物——由當時炙手可熱的已故英國女建築師札哈·哈迪德設計的創新樓。創新樓，亦是札哈在香港的首個建築作品。

　　創新樓落成於二零一三年八月，恰好趕及供設計學院開學之用。由設計到啟用，共用了六年時間。

　　創新樓由兩座一高一低的大樓組成，高座是十四層，低座是十層；坐落於校園的北面，從漆咸道清晰可見。有別於大學其他形態平穩方正的樓宇，札哈卻做了這座幾乎沒有一條直線的建築物。從外面不同角度看，它都有不同的形態，時而像塊肥皂，時而又像隻小鳥。「我們的理念是把香港傳統的塔樓與平台，融化成如流質一樣的建築物，把地面、外牆和屋頂無縫地連接起來。」札哈在介紹這設計時這樣說。

　　理大校園數十年來的發展，以方格式佈局規劃，將建築物圍合成方正的庭園。札哈一反常規地轉化了這四平八穩的格局，從原有空間伸延出充滿動感的新空間，為校園帶來改變，創造出新的可能性。

　　大樓的主入口與理大校園平台連接，就像小鳥的尾巴，由平台地面斜斜向上延伸。入口屋頂逐漸變成了流線形的外牆，外牆又直達建築物的頂端，變成屋頂。正是如此，建築物的平面層層各異，全部都是流線形。

　　理大校園內的大樓，幾乎全都用上紅磚造外牆。創新樓的造型和用料跟它們相比，可謂截然不同。因此有人會問：「創新樓的設計與原有校園建築會否不協調呢？」札哈早料人家有此一問，因此她在玻璃幕牆外加上了橫向

■ 札哈設計香港理工大學的創新樓，擁有流線形外貌。

■ 創新樓低層部份以清水混凝土興建，注混凝土前要先做好模板及預留鋼筋，過程非常複雜。

■ 施工中的創新樓，地面層外牆拆除模板後的面貌。

的條子，條子都是以白色鋁板製成的遮陽裝置。橫向的線條，便與周邊建築的橫向形窗戶相呼應了。她還把遮陽裝置徐徐扭動，形成如波浪起伏的圖案，強化了建築物的流動形態。

大樓的外牆以三種物料組成，分別是玻璃幕牆和白色的鋁板，而建築物的底部，便用上了清水混凝土。雖然這些都並非新事物，但放在這幢流線形的建築物上，當中的建造過程便非比尋常。

不經修飾的清水混凝土，是建築師至愛，更令人想起安藤忠雄。但用在札哈的建築上，施工過程便比安藤的更複雜。創新樓的地下至三樓，以清水混凝土作外牆。但大樓的外牆既傾斜又彎曲，每塊模板尺寸不一，令承建商面對前所未有的挑戰。由於清水混凝土拆板後便完成，不能修補，建築工人先要按電腦模型準確無誤地用木板搭好模板，再紥好鐵枝，然後注入混凝土。過程有如藝術家做雕塑一樣，快也快不來。

還記得那個時候，校方見地盤進度緩慢，便問顧問團隊：「人家建住宅樓落石屎不到一星期便做好一層，你們要建多久？」沒人能回答，筆者只好說：「建多久？建好那刻便知道了。」

■ 從漆咸道南所見的創新樓外立面

■ 創新樓的入口大堂

■ 創新樓室內極富動感的中庭

至於三樓以上樓層的玻璃幕牆和鋁板，製作和鋪砌過程亦殊不簡單。窗子每片都成平行四邊形或是不規則形，以覆蓋這件流線形的立體。鋁板亦屬不規則形的，塊塊不一樣，好像砌拼圖似的。在玻璃幕牆和外面的橫向形白色遮陽板之間的空隙，每層都裝置了如蛋格一般，可容納一個人站立的金屬層架，讓管理人員作維修和抹窗之用。這便解決了這幢不規則形建築的抹窗問題了。

　　從校園平台進入創新樓，迎面是一個偌大的白色開放空間，容納了展覽館、茶座和小商店的功能。一道長長的行人電梯，引領遊人進入上層開了天窗的一個窄長而高挑的中庭。從中庭向上看，可見多條同是窄長的樓梯連接各樓層，札哈卻把樓梯不規則地互相重疊，造成極具動感的視覺效果。

　　一般校舍多用長走廊和密閉式課室的設計，札哈不但以落地玻璃作課室外牆，令其與外邊的通道彼此相通，而通道又經中庭互相連接，形成一道由上而下有如瀑布流水般的一系列大小展館。札哈的理念，是以建築空間鼓勵各樓層使用者在天然光下的互動與交流。在這樣的環境下學習的設計系學生，又怎會缺乏創意？

　　一件創意澎湃的建築，畫在圖紙上，可以天馬行空，但要把夢想變現實，建築師便要面對無數的挑戰：既要滿足用家要求，又要符合《建築物條例》的規範，還有建築成本和時間的限制，以及施工技術的困難等。今天，困難一一克服，一座世界級建築屹立校園，札哈的夢想成真。筆者參與其中，體會到唯有團隊對願景的堅持，抱着不屈不撓的態度，和不斷探索的精神，才能成就夢想。

　　創意啟發創意。但願創新樓這幢建築，讓社會大眾體驗更多的可能性，從而為香港這個城市激發出更多的創意。

（原文寫於二零一三年十二月，於二零二零年七月修訂。）

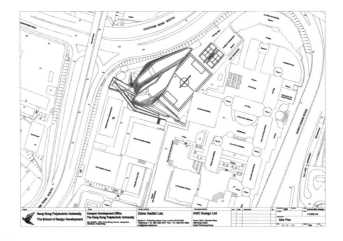

■ 理工大學校園平面圖。創新樓坐落於校園邊緣一片不規則形
狀的區塊。從高空看，創新樓的平面就像一隻小鳥。

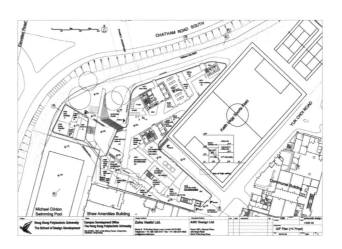

■ 創新樓地下平面圖

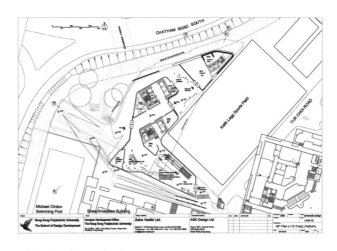

■ 創新樓二樓（平台層）平面圖

建築迷思

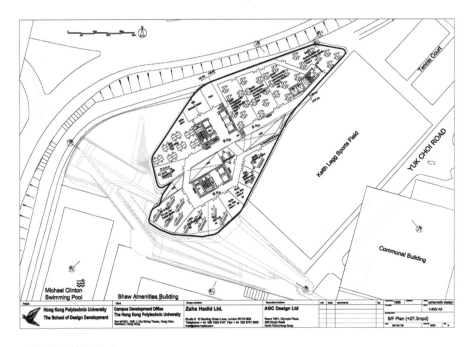

■ 創新樓五樓平面圖

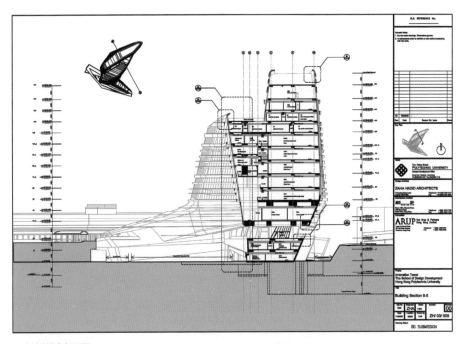

■ 創新樓剖面圖

"It all started in Hong Kong!!!"

二零一四年三月十八日，札哈‧哈迪德設計的香港理工大學創新樓開幕。當天，札哈親臨香港，為她在香港的首座永久建築物主持開幕禮。

這幢建築，理工大學等了六年。但對札哈來說，是三十年。

一九八三年，仍是寂寂無名的札哈，贏得了香港山頂項目設計比賽的冠軍，可惜這項目最終沒有興建。札哈後來揚名國際，更在二零零四年獲得了普立茲克建築獎。香港山頂項目的冠軍作品未能實現，成為札哈心裏的一件憾事。就是對香港的這份不解的情意結，令札哈決意在香港建一件作品。所以理工大學創新樓對札哈有特殊意義。開幕當天，札哈的多年拍檔帕特里克‧舒馬赫在理大演講，播放的第一張幻燈片就寫着："It all started in Hong Kong!!! (一切從香港開始。)"（參前文第三十五頁）

札哈的建築風格，永遠走在時代尖端。「許多人說，建築走過幾千年歷史，甚麼點子都想過了。但我卻不以為然，你看大自然的形態和線條，都是我做建築的取材。」札哈在創新樓開幕禮時這樣說。對！她的作品可以證明。廣州歌劇院取材自兩塊石頭；阿塞拜疆的阿利耶夫文化中心 (Heydar Aliyev Cultural Centre) 外形猶如沙漠之丘。此外，梯田、流水、海浪都成為她的創作靈感。而創新樓的平面，就像一隻小鳥。

帕特里克‧舒馬赫在當天的演講中這樣形容理大創新樓：「我們接到案子便發現這是個近乎瘋狂的地盤，不單形狀怪異，而且有多個地面。」說的沒錯，地盤就在理大校園邊陲的一個狹小剩餘空地，一面向着彎曲的馬路轉角

處，另一面向着足球場，再有一面就是佈滿方正盒子建築物的校園。理大平台式的校園設計，把人和車入口分佈在兩個樓層。結果，建築師巧妙地做了這座流線形的大樓，部份還凌空架在足球場上。

「為了令創新樓融合校園，我們在幕牆外加上橫向遮陽板，與其他建築物互相呼應。」帕特里克還不斷以「古怪」來形容建築物的外貌：「建築物令人產生疑惑和緊張的感覺。人在建築物四周移動，從不同的角度將看到不同的樣貌，有時像隻鳥兒，有時像片利刀，有時又像要塌下來似的。」塌下來？當然是説説笑吧。建築物是經過結構工程師精密計算和屋宇署嚴格審批的。

帕特里克又指着背後的大樓説：「縱是如此，大樓就在這裏，這是行得通的。(But it is there, it works.)」「很奇怪地，大學 (設計學院) 亦能將所有功能融入這些空間。而且，每人都擁有一個獨特的位置，和獨有的身份呢。」

帕特里克侃侃而談，繼續講解創新樓的室內空間：「內裏都是為促進師生互動和交流的空間。我們在擠迫空間內做了三個中庭，讓天然光進入，亦可讓不同樓層互相溝通。此外，還做了五個室外露台。」

身為這個項目的本地建築師，我一面聽着帕特里克講解，腦海裏卻不斷浮現着六年來把這件世界級建築從夢想變現實的過程……

全世界的建築，設計只是第一步，要實踐，便要經過業主同意，政府批准，然後畫施工圖，再找合適的承建商興建，建成又要讓政府部門驗樓、發入伙紙。不尋常的建築設計，面對政府部門重重關卡，要如何拆解？直到施工，過程中又怎會沒困難？開學期迫近，但工程還未完成又怎辦？當中經歷的連場苦戰，要寫一本書才寫得完。

(原文寫在二零一四年三月，於二零二零年七月修訂。)

■ 札哈‧哈迪德的拍檔帕特里克‧舒馬赫在理工大學創新樓前的廣場演講，介紹創新樓的設計。

■ 筆者（右）作為札哈（中）的合作夥伴，一同在理工大學出席
創新樓開幕典禮。

安藤忠雄：建築就是連場苦戰

假期中，讀了一本非常勵志的書籍。這本書，叫《安藤忠雄：我的人生履歷書》。作者就是日本建築大師安藤忠雄。

筆者一直喜歡安藤的建築，也曾多番遠赴日本朝聖——大阪的光之教會、淡路島的淡路夢舞台、東京的表參道山、直島的地中美術館等，不論是位處鬧市的，或是要長途跋涉的，都一一親身感受，並在報章專欄向讀者介紹。安藤建築的特色，就是愛用不經修飾的清水混凝土，以低調簡約的幾何造型，配合天然光線，做出令人感動的空間。

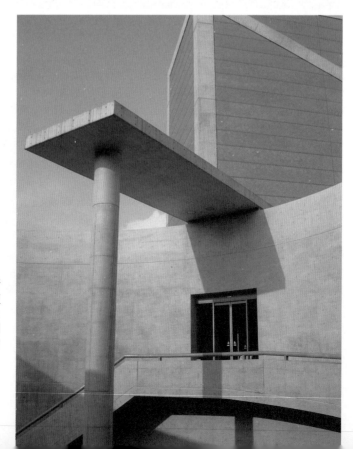

■大阪狹山池美術館。安藤忠雄擅長用清水混凝土及幾何形狀，創造出光影交織的空間。

■ 淡路夢舞台百段苑。安藤忠雄在山上建了一百個大型花壇。

■ 台中亞洲大學美術館的樓梯間，安藤忠雄以三角形天窗創造了一個神聖空間。

做建築的都知道，不經修飾的清水混凝土，看來簡單，但一旦建造失準便沒法補救，必須要拆掉從頭再來，所以準備功夫要非常充份，建造過程亦要一絲不苟。安藤做事，就是這樣的嚴謹。

生於一九四一年的安藤忠雄，已年近八十了。這本書，算是他的自傳吧。但書中寫的，卻不是他的建築，而是他一段一段的人生故事。

「安藤自幼家境清貧，學力不足，由外婆養大，家教很嚴……」（說來就像老掉了牙的某某成功人物故事的開端吧。）安藤的外婆經營小本生意，非常忙碌。雖然少嘮叨，但卻不斷叮囑安藤「不准說謊」、「要守信用」和「不能給人添麻煩」等做人原則。

小安藤不愛讀書，但愛打架。雖然自小便愛上建築，但第一份工，卻是跟着孿生弟弟做

■ 大阪光之教會。
安藤忠雄以中空
的十字架，造出
極簡約且充滿禪
意的崇拜空間。

拳擊手。拳擊場上，不是打倒人便是被打倒，安藤那堅毅
不屈的剛烈性格，恐怕就是這樣煉成的。

　　沒上大學，沒有建築文憑的安藤，建築師的資格就
全靠苦讀自學得來。客戶一句「你是一級建築師嗎？我怎
能委託工作給沒有執照的人？」，激起了安藤發奮圖強的
心。於是，白天工作，晚間苦讀，廢寢忘餐地以一年時間
讀了別人用四年才讀完的課程，終於考獲了一級建築師的
資格。安藤回憶起這段經歷，還對當天跟他說「你是建築
師嗎？」那個業主由衷感謝。

　　安藤就是有這種不服輸的性格，就像拳擊手，被擊倒
了，還是要重新振作起來，而且要做得更好。

　　今天已貴為世界級建築大師的安藤，一生經歷無數的
失敗。參加建築競圖比賽，與其他建築師比拼，當中又不
乏其他同級的建築大師。這些比拼，競爭者不下數百，縱
使入圍，但最終冠軍永遠只得一個。安藤形容這是「用建
築想法當武器去打仗」，更承認這是很可怕的經歷，「不

管傾注多少心力，如果輸了，一切都歸零。」不過，安藤從不氣餒，認為每個競賽失敗了的點子必定會誕生下一個建築。

這種從挑戰中鍛鍊，從失敗中學習，不屈不撓、永不放棄的精神，令筆者深受感動。

不少人以為，「做建築師真好，可以做自己喜歡的工作，又可以賺錢。」其實，用別人的錢來做自己的事，能做到的只是鳳毛麟角。安藤道出了真相，他認為「建築就是連場的苦戰，要與『現實』不斷對抗。」

事實是，業主花錢只會願意做他自己想要的。政府官員不批准，有時只是因為怕麻煩。充滿夢想的建築師初出道，不懂得現實，在過程中不斷碰壁，失敗，妥協，被打垮。如此這般，日復一日，年復一年；後來經驗是累積了，但連夢想和熱誠都妥協了。業主問個問題，官員說句不批准，便立即「跪低」，更遑論堅持了。這些建築師，不計其數。

誠然，何時堅持？何時妥協？這是一門藝術。但立即「跪低」的，就連妥協的機會都沒有了。

做建築，由夢想到實踐，每每花上五至十年光景，過程中還不時出現重重難關。做建築師，更要懂溝通，要說服業主，說服顧問團隊，說服官員，說服承建商，真的少點堅持和魄力都不成。

在這惶惶不安的年代，在這怨氣衝天的地方，安藤忠雄的人生故事，不單可作為迷途者的指路明燈，也帶給一直抱怨的年輕人一些正能量。

筆者相信，生命影響生命。分享這些，就是要為大家打打氣。

（原文寫在二零一三年四月，於二零二零年七月修訂。）

■ 大阪司馬遼太郎博物館

外國的月亮特別圓？

　　西九管理局在選出了由英國建築大師霍朗明
（Norman Foster）的西九文化區總體規劃方案後，曾就
西九文化區「戲曲中心建築設計比賽」再向全世界建築師
發出提交意向書邀請。評判團將會從眾多報名團隊當中篩
選四至六隊，進行比賽。業界當時預料，入選出賽的團
隊將會是國際級建築大師。本地建築師呢？隨時只有「陪
跑」的份兒。結果選出加拿大籍香港人建築師譚秉榮（Bing
Thom）的設計，由香港呂元祥建築師事務所作為執行隊
伍。可惜譚先生於二零一六年因病離世，無緣看到二零
一九年戲曲中心落成。

　　香港人，似乎對霍朗明情有獨鍾。他在香港的作品
不少：中環香港滙豐銀行總行、赤鱲角香港國際機場、紅
磡火車站（港鐵紅磡站）和啟德郵輪碼頭，可謂海陸空一
手包辦。佔地四十公頃的西九文化區規劃，由巨型天篷到
「大森林」，輾轉又回到他的手中。

　　大學要爭排名，要變世界級，也紛紛委託建築大師為
校園打造地標建築。於是，香港城市大學聘用美國建築師
丹尼爾‧里伯斯金（Daniel Libeskind）， 香港理工大學聘
用英國建築師札哈‧哈迪德，珠海書院（今珠海學院）請
來荷蘭建築雷姆‧庫哈斯（Rem Koolhaas）。（後來珠海與
庫哈斯中止合約，改聘香港建築師嚴迅奇。）

　　中區警署建築群的保育項目，香港賽馬會便聘用了瑞
士的赫爾佐格和德梅隆建築事務所（Herzog & de Meuron）
負責設計。位於金鐘的亞洲協會香港中心（Asia Society）
軍火庫舊址保育項目，則由美國華裔建築師錢以佳和她
的丈夫托德‧威廉姆師的建築事務所（Tod Williams Billie

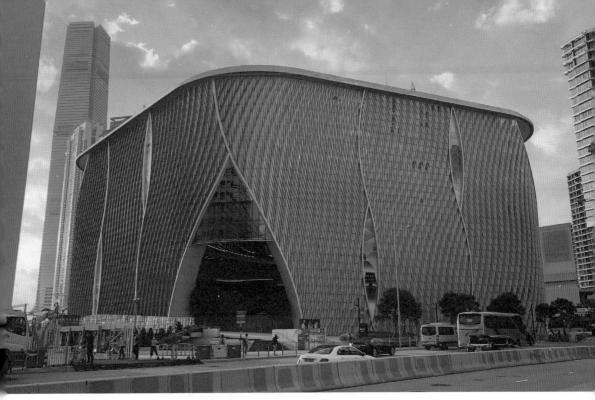

■西九文化區戲曲中心由加拿大譚秉榮建築師及香港呂元祥建築師共同設計

Tsien) 設計。

　　私人發展商聘用世界級建築師，設計商場和摩天大廈的例子也有不少，例如九龍灣的 MegaBox 的設計者是美國的捷得 (Jon A. Jerde)。九龍站的圓方 (Elements) 設計師是英國的貝諾 (Benoy)， 至於在其上蓋的環球貿易廣場 (ICC)，則是以設計摩天商廈著名的美國的科恩‧佩德森‧福克斯 (Kohn Pedersen Fox, KPF)。

　　參與這些項目的本地建築師則淪為大配角──負責入則，畫施工圖，做合約管理。

　　近年，發展商為了打造名牌超級豪宅，個別住宅樓盤都用上大師設計。灣仔司徒拔道的一個住宅項目完工，發展商不惜工本，聘用了以畢爾包古根漢博物館把畢爾包這西班牙城市起死回生的美國建築大師弗蘭克‧蓋瑞親自操刀。該建築物扭曲的形態，就像一件舞動中的雕塑，矗立在半山上，與一般常見的住宅樓大相逕庭。

■戲曲中心入口大堂

發展商要為項目打造成名牌子，無非想賣個好價錢！

有一個新界樓盤，也以大師霍朗明為賣點作招徠。不過請恕筆者愚昧，這個樓盤，左看右看也不知到哪一部份是霍朗明的設計。難怪有建築師說：「這些設計，任誰都能做得到啦！」事實是，大師也有平庸的作品。不禁要問：「難道外國的月亮真的特別圓？」

話說回頭，本地建築師不是沒創意，也不是沒能力做出優秀的作品。不過，發揮創意的機會實在少得可憐。反觀業主對名牌建築師的包容，又相對比本地建築師高得多。「大師做就乜都得，你做？早就被業主『打柴』了。」有建築師感慨地說。聽來像酸葡萄，卻倒是事實。

設計博物館、藝術館、圖書館、表演場地或體育館，哪個建築師不想參與？不過大部份公共建築由政府建築署

■ 香港城市大學創意媒體中心由美
國建築師丹尼爾‧里伯斯金設計

■ 香港理工大學創新樓由英國建築師札哈‧哈迪德設計

一手包辦。外判的，又以「價低者得」
制度聘用建築師樓。中標後，由於資
源短缺，人手匱乏，令前線建築師工
作量過大，形成流水作業式操作，難
以設計出達到世界水平的優秀作品。
建公屋的，既要追求成本效益，又要
避免出錯，唯有「不求有功，但求無
過」地做「倒模式」設計。

　　建築系的畢業生，大部份都有理
想，有創意，對建築充滿熱情。畢業
後在職場翻滾三五七年，日以繼夜勞
碌過後，學懂的是如何「炒盡」地積
比率；學懂的是如何用盡豁免面積；
學懂的是建屏風樓發水樓粟米樓蛋糕
樓；學懂的是向現實妥協。心中的一
團火逐漸熄滅，最後放棄創作生涯，
乾脆到地產商那邊打工去了。

（原文寫在二零一二年三月，於二零二零年七
月修訂。）

■ 西九文化區的總體規劃方案在荷蘭建築
師雷姆‧庫哈斯（下圖右）與英國建築大
師霍朗明及本地建築師嚴迅奇互相較量
下，最終由霍朗明勝出。

建築迷思

「香港不需要地標」

■磯崎新在二零一二年到香港與傳媒見面談建築

　　二零一二年，日本建築大師磯崎新來香港。一個下午，大師與傳媒見面談建築。

　　世界不少城市近十年來不斷興建地標建築，磯崎新卻不以為然。「事實是，一個城市，地標建築只為 0.1% 的人服務；99.9% 的人，都不需要地標。」

　　說得對，且看我們在半山的地標式豪宅，弗蘭克‧蓋瑞設計，沒有五十億身家，就連示範單位也不准你看。

　　「在卡塔爾，我一直畫，卻從來不知道最終的使用者是誰。但在香港，你們的建築都是『以人為本』。」磯崎新向傳媒朋友介紹他的建築理念和作品之餘，不忘表達他對香港的感覺，還說了幾個令人印象深刻的故事。

　　磯崎新第一次到訪香港，是上世紀六十年代初。印象最深的，是建在半山上簡陋的木屋，和遍佈海上的蜑家艇。那時香港還是個小漁村，大師在中環穿梭，到過中環街市吃拉麵。「雖然記憶很模糊，但那夜市的拉麵很好味，那地方應該是中環街市。」

　　約二十年後再來，是一九八三年，當時霍朗明設計的滙豐銀行總行仍在興建。磯崎新來香港是因為獲邀做一個建築設計比賽的評判。這個比賽叫「The Peak, Hong Kong」，是在港島山頂一個私人會所的建築設計比賽，

■ 磯崎新為中環街市親筆繪畫的設計草圖

參賽者來自世界各地。主辦者在眾多的作品中，篩選了幾十個入圍作品讓磯崎新評審。「看來看去都沒有一個作品看得上眼。於是我往篩去的作品中找，竟然找到一份挺突出的，覺得這就是冠軍。這個決定，獲得了主辦者的支持。由於比賽是匿名的，根本不知道誰是作者。」評審團選出冠軍後，作者揭盅，得獎者叫札哈・哈迪德，來自英國。

■ 筆者（左三）於二零一二年到訪磯崎新（右二）在東京的住所，一起商討中環街市的設計。

「名字不像英國人，叫札哈的，是男還是女都搞不清楚。打電話通知她，她仍在睡夢中，半夢半醒的說『這不可能，我的作品早被淘汰了』。」八十一歲的老人家，說起話來充滿幽默感。

磯崎新力排眾議，點石成金，札哈就憑「The Peak」比賽一舉成名。二

零零四年更獲得建築界的最高榮譽普立茲克大獎，成為首位獲該獎項的女建築師。不過，幾個月後「The Peak」主辦者宣佈破產，項目胎死腹中。但這份香港情意結，令札哈決心要在香港建一件作品。後來終如願以償，那便是在二零一四年落成的理工大學的創新樓。（參前文第三十四至五十三頁）

二零一二年，磯崎新重臨香港，就是為他在數十年前吃過拉麵的那座中環街市做設計顧問，順便再視察這幢已有七八十年歷史的包浩斯（Bauhaus）建築。他總結五十年來對香港的觀察：「香港是半世紀以來變化最大的城市，這座城市充滿生命力，建築都是為人的需要而建造，你們的建築，都是有內涵的。香港獨特的地勢，和寬闊的海港，為世界上獨一無二的城市風貌。你們跟平地一片的城市不同。」

「香港，不需要地標建築。」說到地標，他毫不留情地說：「我十年前已批評，一些城市，不斷興建地標建築，就像人人都要戴上不同的帽子，個個都要做 icon，但設計卻是模仿別人的。只求表面欠缺內涵的，都是 parvenu（暴發戶式）設計。」他說的是哪個城市，筆者不公開了。

筆者與磯崎新合作的中環街市「漂浮綠洲」，不為建地標。「中環的建築已相當密集，實在無須多一幢爭妍鬥麗的建築。」我們的重點是從保育出發，去保育包浩斯的精神和內涵。加建的「漂浮空間」，將會是純淨而簡潔。

在大師筆下，新與舊，是一段互相尊重而溫柔的對話。

（原文寫在二零一二年六月，於二零二零年七月修訂。）

我城漫步

2

消失的建築 消失的記憶

■ 第三代香港滙豐銀行總行，一九三六年建成，一九八一年拆卸。（圖片由高添強先生提供）

香港城市發展，移山填海，拆舊樓、建新樓，一直以來都被視為理所當然。常有人說：「舊的不去，新的不來。」不過，當舊建築舊街道舊市集從城中逐一消失，當歷史文化生活模式逐步湮滅於推土機下，我們才驟然醒覺，我們失去的，實在太多。

今天所見，當年古色古香的尖沙咀火車站已變成香港文化中心，只餘下那孤獨的鐘樓；中環豐富裝飾的舊郵政總局變成了環球商場；高貴優雅的告羅士打行變成置地廣場；而那個錢箱形的第三代滙豐銀行已改成第四代由霍朗明設計的世界級建築；至於那滿載港人集體回憶的中環天星鐘樓和皇后碼頭，卻已變成一條叫作龍和道的馬路。

一些已從城中消失的百年建築，筆者兒時也曾踏足其中。

舊郵政總局大樓是香港首幢政府綜合大樓，位於德輔道中和畢打街的街角處，這裏從前就是海旁，選址正是方便以船隻運送郵件。建築物於一九一一年落成，樓高四層，屬愛德華式建築風格。建築物以紅磚和花崗岩石建成，外立面由拱門、柱廊、騎樓、以及三角形的屋頂所組

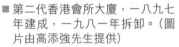

■ 第二代香港會所大廈，一八九七
年建成，一九八一年拆卸。（圖
片由高添強先生提供）

■ 中環郵政總局大樓，一九一一年建成，
一九七六年拆卸。（圖片由高添強先生提供）

成，而且充滿豐富的裝飾。街角處還有一座塔樓，成為當
區的地標。為配合興建地下鐵路，舊郵政總局在一九七六
年拆卸。

　　在舊郵政總局對角處，坐落過一幢也曾是中環最高的
建築物──告羅士打行。樓高九層的告羅士打行，落成於
一九三二年，屬當時盛行的裝飾藝術建築風格。建築物的
特色就是在地下與一樓外面兩層高的迴廊，除了令大樓凸
顯高貴的氣派外，還可讓在行人路上的途人遮蔭擋雨。大
樓左右對稱，在街角處還豎立了一座鐘樓。不過，該建築
物只存在了短短四十六年，於一九七八年拆卸，被業主重
建成今天的置地廣場。

　　皇后像廣場前，一直是香港滙豐銀行總行的所在地。
廣場令總行大樓全無遮擋，任何年代的建築物都得天獨厚
的成為香港地標。現存由霍朗明設計的高科技建築，已是
第四代。至於第三代的滙豐總行，則是由本地建築師巴
馬丹拿 (Palmer & Turner) 設計，建成於一九三六年，亦
屬於裝飾藝術風格。第三代的建築物樓高十三層，以鋼
架作結構，外形是有如「凸」字形上窄下寬的對稱設計；

■ 天星碼頭和皇后碼頭清拆，以及利東街重建，觸發了民間保育浪潮，促使政府重新檢討保育政策。

■ 皇后碼頭於一九五四年建成，二零零七年拆卸。

■ 第三代中環天星碼頭，一九五九年建成，二零零六年拆卸。

屋頂則是節節後退成梯形；室內大堂更有以馬賽克砌成的壁畫，盡顯宏偉氣派。大樓在一九八一年拆卸，留下的只有門前兩隻銅製獅子。

上世紀七八十年代，香港經濟起飛，中區不少極具歷史價值的建築物都被拆卸，紛紛讓路予高樓大廈。那個年代，拆樓重建是硬道理，社會沒有半句聲音。

到了二零零六和零七年，天星鐘樓和皇后碼頭要拆，卻掀起了連番爭端，事件亦反映港人保育意識日漸提高，亦促使政府重新檢討保育政策。今天兩個碼頭已經絕跡，變成了一條馬路。這些建築歷史印記，只能從回憶中尋找了。

（原文寫在二零一五年一月，於二零二零年七月修訂。）

穿梭百年唐樓 窺探建築特色

二零零七年初，民政事務局公開了四百九十六幢被列作一至三級歷史建築的樓宇，其中部份屬戰前唐樓（Tenement House），吸引了傳媒按着名單四處訪尋做報道，掀起了一股尋寶熱潮。傳媒朋友們更發現，其中有精心裝潢化作風月場所的唐樓，也有日久失修變成蟲鼠橫行的漏水樓。忽然知悉身處「古董屋」的住客更感啼笑皆非，並坦言不懂欣賞。

縱使已成歷史建築，今天的《建築物（規劃）規例》，仍然存有對唐樓的定義，就是「任何建築物，而在其住用部份有任何起居室擬供或改裝以供多於一名租客或分租客使用」。

在混凝土未廣泛使用前，早期的唐樓結構，是由青磚砌成主力牆來支撐樓面和屋頂，屋頂則是由木製的橫樑架成斜頂再鋪上瓦片而成。因為受制於橫樑的長度，所以唐樓的闊度都是四至五米闊（約十五呎），深度則由九至十八米不等。在這些既長且窄的樓面，以木板間隔成多個房間作住宿之用，有時連走廊也放置了出租的「床位」，故此居住環境非常擠迫，廚房也是多戶共用。

因為這窄而長的設計，中間的房間都沒有窗戶，只有頭房和尾房才有天然採光和通風。樓高三至四層的唐樓，都是上居下舖——樓上是住宅，地面就作商舖用途。

除了沒有電梯之外，早期的唐樓也沒有廁所和浴室，各層只有一個木造的馬桶，每晚需由專人負責「倒夜香」的工作。

唐樓的另一特色就是「騎樓」的設計，就是騎在行人路上的露台，以磚造的柱子支撐着，形成了行人路上的

■ 旺角太子道西唐樓群建成於上世紀三十年代，是香港現存保留最大的唐樓群之一。

■ 上海街僅存的唐樓群，其特色是騎在行人路上的露台（騎樓）。今天已活化成滿佈具本土特色小商店的潮流熱點。

■ 灣仔茂蘿街的舊唐樓，建成於一九一零年代，騎樓為懸臂式結構。現在活化成藝術中心。

迴廊，為行人遮蔭檔雨。騎樓底，更成為了半露天的城市公共空間。典型例子有灣仔石水渠街「藍屋」（建於一九二二年）般懸臂式掛在外牆上的鐵騎樓，也有深水埗荔枝角道「雷生春」（建於一九三一年）般騎在行人路上的露台。露台除了可作曬晾衣物和日常起居之用外，還可阻隔陽光直射室內、減低室溫。所以，「環保露台」並非甚麼新事物，一早就存在於唐樓之中。

太子道西和園藝街交界的一列唐樓，建成於上世紀三十年代，由法國建築師設計，當年有「摩登住宅」之稱。除了擁有傳統「騎樓屋」架於行人路上的特色和遮蔭檔雨的騎樓外，建築物的外牆圖案設計和線條，更充滿當時流行的「裝飾藝術」風格。街角長長的流線形懸臂式露台，更成為該列建築群的獨有景致。

■ 灣仔和昌大押是列為二級歷史建築的唐樓（吳永順水彩作品）

　　舊區的城市規劃，就是以唐樓為單元，並排而列
面向街道，背靠後巷；兩排背靠背的唐樓便城為一個街
區 (Street Block) 了。於是，一條街與另一條街之間的
距離便往往受樓宇的深度所限，故此舊區的街道便較為
密集。眾多縱橫交錯的大街小巷，增加了城市的通透感
（permeability），行人可方便地在城中穿梭來往。再者，
眾多的街道更成為城市的通風走廊，讓城市空氣流通。

　　可惜，因為城市發展，這些舊唐樓逐漸消失，整個街
區變成新發展的地盤，平台式建築拔地而起，更甚的是發
展地盤把兩個街區中間的街道也吃掉。——灰飛煙滅的，
除了一幢幢見證歷史的唐樓，還有街道文化和社區網絡。

（原文寫在二零零七年一月，於二零二零年七月修訂。）

尋覓百年古老教堂

■ 建成於一八四九年的聖約翰座堂，屬諾曼式建築風格。

　　每到聖誕新年，中環和尖沙咀的商業大廈都佈置得美輪美奐，五光十色，充滿着普世歡騰的節日氣氛，熱鬧不已。如果聖誕和除夕假期不外遊，你喜歡在哪裏度過？是到尖沙咀購物賞燈飾，還是前往中環新海濱坐摩天輪和看煙花？然而，聖誕節的真正意義，你又會否記得？

　　聖誕節，就是紀念二千年前耶穌降生，為世界展開救贖工程。不少基督教徒甚至非教徒，都會在聖誕前夕到教堂參與子夜彌撒或崇拜，又在除夕夜舉行感恩禮。

　　教堂，是基督徒聚會的地方。每逢週日，信徒們聚在一起禱告、聽講道、讀《聖經》、領聖餐和唱聖詩。建築師設計教堂，除了提供功能上的需要之外，更重要的，是為建築物的裏外營造一個莊嚴、和諧、寧靜和平安的氣氛，讓信徒在當中體驗與神連繫的感覺。

■建成於一八八八年的天主教聖母無原罪　■建成於一九零五年的尖沙咀玫瑰堂外貌
　主教座堂

　　原來基督信徒的聚會其中一個目的，就是紀念二千年前耶穌受難和復活前的最後晚餐，教堂內的聖桌，代表着晚餐的餐桌。神派遣基督降生為人，就是預備為世界展開救贖工程。

　　香港的教堂建築歷史只有百多年，當然不及歐洲教堂的歷史久遠和規模宏偉，但仍然不乏可觀之作。香港有三座教堂，至今已有超過一百年歷史，都成為了法定古蹟或歷史建築。它們分別是聖約翰座堂、聖母無原罪主教座堂及玫瑰堂。

　　位處花園道的聖公會聖約翰座堂，建成於一八四九年，是香港現存最古老的西式教會建築物，在一九九六年被列為法定古蹟。教堂坐落的土地，更是香港唯一一幅不限年期永久屬於業權者持有的土地。在十九世紀香港開埠時期，聖公會屬英國國教，座堂便自然與終審法院、政府總部和督憲府一同矗立於政府山上；亦令政府山成為涵蓋宗教、政治及法制等建築物所在的權力中心。

■ 聖約翰座堂內部。天然光線透過
聖壇背後的彩色玻璃滲進室內，
為教堂增添了一片神秘色彩。

■ 聖母無原罪主教座堂室內，仿歌
德式的尖拱柱廊令信眾產生舉心
向上的感覺。

座堂屬諾曼式建築（Norman architecture），從高處看，便可見其十字形的平面，和左右對稱式的設計。大門和聖壇分別設在中軸線的西面和東面。屋頂上的鋸齒形圍牆，歌德式（Gothic architecture）的尖頂窗戶和絢麗的彩色玻璃，都是教堂的特色。

踏進教堂大門，頓時與外面的繁囂鬧市隔絕。高樓底、尖屋頂，修長的柱子和尖頂的拱門窗戶；全是為了增加空間的垂直感，讓進來者感受到神的偉大和人的渺小。天然光線透過聖壇背後的彩色玻璃滲進室內，也為教堂增添了一片神秘色彩。

位於堅道的天主教聖母無原罪主教座堂，建成於一八八八年，是一座仿歌德式的教堂，以麻石柱子和石塊建成，也是以十字形的平面佈局，左右對稱。十字形的交界處是一座高塔，聖壇設在塔樓之下，以獲取充足的天然光線。信眾便可從四方圍繞聖壇參與敬拜。外牆上的飛拱壁、尖頂窗和彩色玻璃，至今仍完好無缺。

這座教堂，本來建在中區的山丘上，俯瞰全城，一度成為城中地標。不過隨着城市發展，再加上教會亦不斷擴建，今天教堂已被學校和社區設施重重包圍，隱沒於樓群之中。街上途人難以目睹，唯有親臨教堂窺探箇中奧秘了。它在一九九零年被香港古物古蹟辦事處評定為一級歷史建築，更獲得二零零三年度聯合國教科文組織亞太區文化遺產優良獎。

至於在維港對岸，位處尖沙咀漆咸道嘉諾撒聖瑪利書院旁邊的玫瑰堂，建成於一九零五年。雖然與主教座堂同屬仿歌德式的建築，但卻不及前者的宏偉，設計較為樸素和簡約。不過，教堂的尖屋

■ 玫瑰堂內部充滿着仿歌德式的建築元素

頂、塔樓、飛扶壁和尖拱窗戶，仍彰顯着教堂的特徵。教堂平面也是呈十字形，聖壇和聖洗池都在中軸線上。

　　玫瑰堂百年來曾經歷多次復修。今天室內所見的主要是在上世紀九十年代復修後的面貌。這次復修，筆者也曾參與其中。由於教堂八十多年來經歷了多次維修，令原來的建築風格逐漸消失，因此，復修工程在設計上的一個重要理念，就是要把聖堂「還原」，恢復昔日的風采，並賦予新的生命。教堂的屋頂，曾經被吸音紙天花覆蓋着；在加建空調系統時，拱形窗戶的尖角又被冷氣槽遮蔽了。這些後加的設施雖然實用，卻破壞了原有建築的特色。因此，聖堂在裝修時，將屋頂假天花及冷氣槽移除，而原先的木結構則被重新打磨及髹上漆油，瓦片亦塗上磚紅色，並於聖堂兩側重新裝置與假天花連繫的冷氣槽。這樣，原有富古建築特色的斜屋頂及尖拱形窗戶便重見天日了。至於聖堂前後兩端以鴿子為主題的彩色玻璃窗，也是在該趟復修工程時加上的。

　　玫瑰堂「還原式」的復修，成為了香港復修舊建築的典範。

（原文寫在二零一五年一月，於二零二零年七月修訂。）

■ 香港建築師學會六十週年主題電車，車身由年輕建築師梅詩華
　（Sarah Mui）團隊設計，以「建構城市」為設計概念。

築電之旅——細看舊城變遷

　　二零一六年七月的一個週日，筆者出席了建築師學會六十週年的慶祝活動「『築』×『電』之旅」，與傳媒朋友和二十多位來自基層的中小學生「遊電車河」。我們先在屈地街電車廠集合，一同登上了一輛特別為學會六十週年設計的橙白色電車。車上的導賞員是一位有十多年建築導賞經驗的建築師雷冠源 (阿 Joe)。然後，一眾乘客戴上耳機，築電之旅正式啟航，一起穿越石屎森林。

　　電車從西區出發，經過之處發現有不少建築地盤。隨着港鐵港島線延伸至堅尼地城，西區早已靜靜地起革命，新樓盤拔地而起，取代舊建築，但仍保存着舊區街道風貌。阿 Joe 叫大家留意沿途風景的變化，他說：「在西營盤，道路兩旁都是小店舖，街道上都充滿行人。」

　　電車徐徐向前行駛，來到上環這個香港開埠早期華人經貿活動的地區。忽然，阿 Joe 叫大家合上眼睛，用呼吸去感受地區特色。然後問大家知不知道這是甚麼地方？雖然星期天不少店舖都拉上大閘，但獨特的海產味道還是撲鼻而來。小朋友都興奮地答：「是海味街。」對，原來體

■ 上環街市落成於一九零六年，屬充滿古樸風味的愛德華式風格。麻石的柱子和圓拱形的窗戶，是當年的建築特色。該建築物於一九九零年被列為法定古蹟，在一九九一年重修後改名為西港城。

驗城市，除了用眼睛，還可以用鼻子。

　　電車路線彎彎曲曲，沿途就是一百年前的海岸線。左右兩邊，一面是維港，一面是陸地。今天，昔日有「平民夜總會」之稱的大笪地變成港澳碼頭，百年歷史愛德華式（Edwardian architecture）建築上環街市變身作西港城。再往前走，眼前出現了建於上世紀三十年代，卻丟空十二年的中環街市，無奈地等候着拖延已久的活化工程。

　　中環的核心商業區，甲級商廈林立，也早已成為各世界級名牌子商品爭妍鬥麗的展示場地。擦身而過的是一座座的商業建築，還有國際著名建築師霍朗明的作品，建成至今三十年，仍然充滿着未來感的香港滙豐銀行總行大廈。相反，對面的終審法院，卻莊嚴蕭穆地站在一旁，百多年來屹立不倒。滙豐隔鄰的舊中銀大樓，原來曾經是中區最高的建築物。舊中銀大廈背後便是政府山，香港開埠時期集合宗教、政治和法治的權力中心。今天政府山上仍存在不少歷史建築，包括聖約翰座堂，和以紅磚建成曾作

為終審法院的前法國外方傳道會大樓。

經過新中銀大廈，來到金鐘的商業區，這裏都是八十年代興建的辦公樓，較著名的有力寶中心和對面的太古廣場。「金鐘從前是軍營，在八十年代發展為商業區。寬闊的馬路，地面行人卻不多，過路便往天橋走。」阿Joe說。

電車在幾道天橋底下穿過，再拐個彎，來到新舊交替的灣仔區。在這裏，舊區重建不斷進行，老舊建築已所餘無幾。軒尼詩道與莊士敦道交界處的三角教堂在上世紀九十年代已改建為集教堂與商廈於一身的高樓。在灣仔，地面活動又再蓬勃起來，還可以看見與電車路相交那充滿都市活力的橫街。有玩具街之稱的太原街市集還在，和昌大押變成高級食肆，從前的喜帖街已化身成歐洲街道。幸好，藍屋和綠屋等老舊唐樓仍能完好地保存下來。

■ 建成於一九三九年的中環街市。中環街市以混凝土作結構，簡約線條設計，與滿佈裝飾的上環街市風格迥異，屬上世紀三十年代盛行的包浩斯風格，特徵就是流線形的外牆和橫向形的窗戶與屋簷。

■ 建於上世紀三十年代的舊中銀大廈，屬當年盛行的藝術裝飾風格，也曾是中環最高的建築物。

■終審法院落成於一九一二年，屬新古典主義風格。

　　轉眼間，來到了家喻戶曉的打小人勝地鵝頸橋。阿
Joe再問：「知不知道鵝頸橋是哪一條橋？」眾人都以為是
頭頂上的行車天橋。原來大家都錯了。鵝頸橋本來是一道
連接堅拿道西與堅拿道東之間的水道（寶靈頓運河）的橋
樑，河水從黃泥涌流入維港。堅拿道英文 Canal，正是運
河的意思。而電車，就在鵝頸橋上走過。

　　說罷，電車又再拐彎，在層層疊疊的招牌底下，從銅
鑼灣進入跑馬地。香港開埠時期，跑馬地是個偏遠地方，
從前上流社會便在這裏狩獵郊遊和賽馬，所以又有快活谷
之稱。

　　一小時的旅程，在跑馬地結束。一眾參加者充滿喜悅
地下車，主題電車又換上了一批新的乘客。

　　尋常的電車和每天擦身而過的城市和建築，今天在阿
Joe引領之下，都變得不一樣。

（寫於二零一六年七月）

■ 英皇書院建成於一九二六年，建成後曾充當英軍宿舍和醫院。在二次大戰時亦被日軍徵用作馬房。在戰亂時校舍更被嚴重破壞，復修後在一九五零年重開。

那些年，我在英皇的日子

香港七百萬人，沒人可逃避建築。我們的居住、工作、學習、娛樂、休閒和購物，都在建築物和公共空間發生。事實是，建築與人息息相關。沒有人，建築便沒有生命。這些建築物，可以是你成長的地方，可以是你苦讀的校園，可以是你行婚禮的教堂，也可以曾是發生過難忘情景的舞台。那一幢建築物，能夠牽動你的情緒？那一幢建築物，能勾起你的一串串美麗的回憶？這幢建築物，今天還在？抑或已經消失？

筆者孩提時代的建築故事，要由一幅紅磚牆說起。（那些年，根本不知甚麼叫建築。）

小時候，住在中西區。每天從家中往返小學的路途上，必定經過般含道一幅用紅磚砌成的圍牆。圍牆沿着拐彎的行人路旁而建，因此都是彎彎曲曲的。由於當年個子小，根本看不見圍牆背後是個甚麼地方。但愈看不見，便愈想知道。還記得，年少的我也曾在圍牆外蹦蹦跳跳，目的就是希望窺探這道紅磚牆背後的神秘風景。

後來長高了，終於發現圍牆後竟然藏着一個花園，中間還有個噴水池。花園比街道還要低一層，地上滿佈綠

草，兩旁還有以多個圓拱形造成的走廊。我被眼前的美麗景象吸引着，心裏不斷盤算着：「這究竟是個甚麼地方？」母親便對我說：「你要努力讀書，才能考進這所中學。」還記得，那一年，我讀五年級。

我不記得後來我有沒有努力讀書，但卻有幸考進了這間一直嚮往的紅磚屋——英皇書院。花園內的一角，種了一棵大樹，是無花果樹。校刊的英文名稱 *The Fig Tree*，就是以此樹為名。

就在這裏，我度過了七年寒暑。

校舍佔地不大，操場三邊被樓高三至四層的課室及實驗室大樓圍繞着。第四邊便是那個比公廁還要臭，卻是全校唯一的男生洗手間。這座「公廁」今天已被拆卸，原地改建成校舍的新翼。由於操場面積小，周邊的玻璃窗常被失球打破，所以在這裏踢足球倒是犯校規的。

■ 充滿英式校園氣氛的沉降式花園，是英皇書院的獨有特色。

身體瘦弱的我，從來不屬於球場，不是被「波餅」『省』中，便是跌倒受傷。我倒愛流連在課室外那寬闊的走廊跟同學們談天說地。

走廊的設計很獨特，每層的走廊都面向花園，卻各有不同的氣氛。最底層是紅磚砌成的拱門，中間兩層是灰色的麻石柱子，頂層便是開了多個窗戶的紅磚外牆，愈高年級便在愈高的樓層。地面太潮濕，頂層太侷促，我還是喜歡中二中三時在中間兩層的走廊。

升上預科，就連課室都沒有了。流動班「四處為家」，課餘時間最多花在頂樓的美術室做創作，搞美術展覽，搞

■操場旁邊的圓拱形柱廊　■課室走廊外面的麻石柱子

聖誕壁報，可以做到通宵達旦。真感激我的美術老師，他叫李重政。這位「李 Sir」，從來不把美術當成閒科教學。（我們那些年的美術科考試是要計分數的。）於是，一生受用的色彩理論、平面設計、一點透視、兩點透視，中學時期都學懂了。最重要的是，他教我知道，原來香港大學有一科叫「建築」。

那些年，人人都說從英皇進港大很容易，「過條馬路便成了」。不過，同學們都愛讀醫科，不讀醫的，是「叛徒」。我不跟大隊讀醫而選擇建築，也曾有一番掙扎。

畢業那天，一班同學依依不捨的在花園內拍照留念。我也跳上了那從來未敢踏足的噴水池頂，拍下了日後美好的回憶。

在這「失憶都市」，舊建築物一一在推土機下灰飛煙滅。英皇書院成為法定古蹟，不用拆，心裏有說不出的高興。人生最快樂的段落可以留得住，實在應該感恩吧。（註）

（原文寫在二零一一年十二月及二零一五年一月，於二零二零年七月修訂。）

註：英皇書院於二零一一年被列作香港第一百零一座法定古蹟。

■般含道巴士站（吳永順水彩作品）

往港大校園尋找失落記憶

筆者是香港大學一九八三年畢業生，每次重返港大，總是觸動了不少回憶……

一九八零年，中學預科畢業，同學們都去讀醫科，筆者獨個兒走進香港大學的建築學院，無知地以為讀建築就是學繪畫、做模型。

那時候，偌大的港大校園有山有樹有花有草，風景非常美麗。大清早自家中出發，一蹦一跳的從列堤頓道穿過以紅磚建成的明原堂，還記得附近仍有兩幢細小的白色屋子。走過蜿蜒山徑，經過綠草如茵的斜坡和荷花池，連電梯也不用搭便到達紐魯詩樓三樓課室。

還記得，永遠趕不上早上八點半的課堂。就算上課了，還是打瞌睡。後來才知道，原來讀大學可以「走堂」（蹺課）。

很快，紐魯詩樓南面的山坡，變了建築地盤，兩幢小白屋、那段可愛的山路和草坪，都統統消失了。

作為港大地標，歷史悠久、外形古典雄偉的本部大樓，彷彿不屬於我們，只在每年一度的學生節活動時才會踏足內裏的陸佑堂。俗稱「拉記」的圖書館也不是常到的地方，因為建築學院自己有個小型圖書館。

還記得，太古樓飯堂外面有兩間電視房，每天黃昏時分，一眾大學生擠滿房間。看新聞嗎？不，是看卡通片《IQ博士》。不經不覺，小雲和小吉都長大成人了。

建築學生的生活晨昏顛倒，紐魯詩樓三樓二十四小時燈火通明，成為「薄扶林燈塔」。

晚間，大夥兒做功課做悶了，便到西營盤水街的大牌檔吃夜宵。今天，水街擴闊了馬路，大牌檔都不見了。不

■ 昔日的學生會大樓，現已拆卸改建為圖書館。（圖片來源：香港大學圖片庫）

■ 紐魯詩樓後山的荷花池

禁問句：「水街，還有糖水舖嗎？」

化學樓前面有幅叫做「Chem Lawn」的大草坪，綠油油的很有校園氣息，畢業照就在這裏拍。如今草坪消失了，又是變了一條馬路，旁邊增建了一座高樓。

明原堂三幢古舊典雅的紅磚屋，如今只剩下兩幢。

以前校園有兩個飯堂，一個在太古樓，另一個在學生會大樓。在學生會大樓的一個較有人情味，後來拆了加建圖書館。今天往校園逛，飯堂變了星巴克美心大家樂。哈，連大學校園都「士紳化」了！

還記得那一年，教授說中環那具殖民地建築特色的香港會所要拆了，要我們去保護它。當時的我，竟無動於衷，心裏想：「反對有用嗎？做建築，不拆舊的，何來有新樓建呢？」

怪不得，天星鐘樓皇后碼頭要拆，看不見「保衛者」中有建築系的學生。

人口激增，土地短缺，城市愈建愈密，舊建築不斷被拆，樓宇向高空發展，休憩空間愈來愈少，天空變成一條線，大學校園又豈會例外？

轉眼二十多年了，一九八三年的天空，跟今天的還是一樣嗎？

生活營營役役，在失落了的空間尋找記憶，倒算是個奢侈的玩意。

（文章寫在二零零八年十月）

■ 建成於一九一一年的香港大學本部大樓，是校園內最古老的建築。

■ 明原堂由三座紅磚屋組成，前面一座已拆卸。（圖片來源：香港大學圖片庫）

鬧市中的屬靈綠洲（上）

　　港島銅鑼灣，是個集合住宅、商業、娛樂、購物、飲食和旅遊的地區。多年來，銅鑼灣的轉變可稱得上翻天覆地：大型商場拔地而起，橫街小店紛紛消失，名牌店連鎖店鐘錶店化妝品店取而代之。這個地區，交通愈來愈繁忙，人流愈來愈多，到處充斥拖着行李箱購物的遊客。

　　每年臨近聖誕，大商場佈置得燈光燦爛，美輪美奐，聖誕歌聲隨風飄揚。購物區充滿了節日氣氛，目的當然是吸引市民遊客購物。商場迎接的，當然不是主耶穌降生成人救贖世界，而是蜂擁而至的消費者和他們的鈔票。

　　在銅鑼灣的邊陲，有一座教堂，叫中華基督教會公理堂，坐落於禮頓道和邊寧頓街交界處的一片三角形土地上。教堂樓高二十四層，除了設有大教堂和小教堂外，還有教會副堂、禮堂、活動室、祈禱室、演奏廳和一個室內運動場，均置於建築物的低層。塔樓上面，則提供空間供與基督教相關的社區組織作社會服務用途。至於頂層，就是牧師宿舍。

　　這教堂在二零一二年落成，前身是一座四層高的教堂建築，舊教堂建成於一九五零年，與社區風雨同路近六十年。後來面對社會變遷，舊堂不敷應用，要增加面積便要向上發展。因此，教會在二零零八年決定拆卸重建，更聘請筆者為重建教堂的建築師。

　　舊教堂要拆，許多老教友都捨不得。雖然舊教堂並非甚麼評級歷史建築，但舊教堂的一道門一扇窗一張椅一個牌匾，都是大眾的集體回憶。在拆舊堂前，我們做了一份文物名冊。拆卸時更小心把重要文物（例如舊聖壇上的木十字架和管風琴等）保存下來。

■ 一九五零年建成的公理堂舊貌，
教堂於二零零九年拆卸。

■ 重建後的公理堂。外立面設計靈感來自《馬太
福音》記載耶穌在約旦河受洗。

　　教堂身處繁囂鬧市，四周被高樓大廈環繞，要讓人看
得出這是一幢教堂，對建築師來說就是一項挑戰。我們設
計了一幢外形向上傾斜的建築，就像一雙「祈禱的手」。
十字架是教堂的象徵，自然必不可少。但該放在哪裏？這
也曾一度令我費煞思量。

　　一般的教堂，都把十架高舉在屋頂。但周邊高樓密
集，且街道狹窄，放在屋頂根本看不見。因此，我們決定
把十架放在街道尖角處，行人視線可觸及的地方。十字架
之上，是一道三角形的光，中間有鴿子的徽號。靈感就是
來自《馬太福音》記載耶穌在約旦河受洗的一段：「耶穌
受了洗，從水裏上來。忽然天開了，他看見聖靈像鴿子般
降下，落在他身上。從天上有聲音說：『這是我的愛子，
我所喜悅的。』」十字架是聖子耶穌，鴿子是聖靈，一道

我城漫步

■ 公理堂教堂內部,建築師利用了三角形地盤
  的特性,教堂座位成扇形排列。

■ 外牆以不同質感的花崗岩石建造,表現教堂
  莊嚴的感覺。

光是聖父,象徵着三一上主臨在世界。

　　教堂四周的商業大廈外牆都用上閃爍的玻璃幕牆和打
磨光亮的雲石,住宅樓則髹上油漆和鋪了瓷磚。要把教堂
外表做得寧靜而祥和,選料便要加倍小心。筆者最愛安藤
忠雄,起初便建議用清水混凝土做外牆。但經過多番研究
後,認為施工複雜又難以保證質素,最後便決定使用未經
打磨的麻石,造出一種既簡約又細緻且莊嚴神聖的感覺。

　　做建築師,能夠有機會為神作事工,設計讓信徒和祈
禱的地方,並把基督福音廣傳天下,實在值得感恩。

（寫於二零一二年十二月）

鬧市中的屬靈綠洲（下）

「在緊張忙亂，追求科技的生活中，現代人會否留多點時間和空間給小孩、窮人和上主？」在某年聖誕前夕，前教宗本篤十六世在梵蒂岡聖伯多祿大教堂主持子夜彌撒證道時這樣說。

香港高樓密佈，生活節奏急促，到處壓力逼人。位處銅鑼灣的中華基督教會公理堂，正好是在喧鬧都市的一片寧靜綠洲。

教堂的正門，就在三角形地塊尖端處高舉的巨型十字架下方。從正門進入，建築物地面是個開放的空間，外牆以透明玻璃建造，象徵着一個開放無牆的教會。教會的存在，不單為信徒而設，也是為周邊社區終日營營役役為生活拼搏，或是物質充裕但心靈空虛的居民和上班一族，提供一處靈性的歸宿。

聖誕前夕，教會敞開了玻璃外牆，聖歌團就在這開放空間唱聖詩，向社區報佳音。

教堂的聖殿設在二樓，聖殿閣樓則在三樓。要上聖殿，便要走過一道螺旋形的石階梯。長長的階梯，是繁囂俗世與神聖殿宇之間的一個緩衝區，好使信徒們在進入聖殿前先洗滌心靈摒除雜念。（當然，長者和行動不便者，是可以乘電梯的。）螺旋形石階可由地下直通五樓，一面靠着一幅玻璃窗牆，讓街外遊人可以看到教會內的活動。

自古以來，教堂建築有別於一般建築，就是要讓人感受到神的臨在。從前，尖屋頂、高柱子、天花板的裝飾、彩色玻璃、壁畫和雕塑，都是教堂建築的重要元素。這一趟，我們用了高高的樓底，修長垂直的線條，再加上掛在聖壇兩側牆上管風琴的一列列管子，令人有舉心向上的感

■ 公理堂內部連接各樓層
的旋轉形樓梯

覺。我們利用了三角形地盤的特性，把聖壇置在三角形聖殿的尖端，座位便排成扇形般圍繞聖壇。聖壇中央放上了聖桌，兩邊就是講道台，背面則是聖歌團的坐席。

聖壇末端的牆上，掛着一個木製十字架。十字架是從拆掉的舊教堂保存下來的文物，已有六、七十年歷史。舊十字架回到新的空間，比例卻恰到好處，而且保存了教友們的集體回憶，倍添親切感。除了舊十字架回歸新堂外，還有舊堂管風琴的管子。

聖壇是聖殿內最神聖的地方，兩邊沒有窗子；唯一的天然光源，就是來自天花板上的一個天窗。

要建這個天窗，在設計過程中也有不少爭議。有教友認為：「天窗不好，晴天太曬，陰天太暗，室內光線難以控制，倒不如全用人工照明吧。」做建築師，便不時要說服用家：「你看見的問題，反而是我發現教堂最奧妙的地方。人若然要事事受自己掌握，還要到教堂嗎？不能操控的，便要信靠神。留個天窗，讓神創造的自然光進入，這就是教堂的靈魂了。」結果，天窗的建議，獲得一眾教友的採納。

敞開心窗，留一點空間，讓神進入，也是基督徒要常常提醒自己的事情。

（寫於二零一二年十二月）

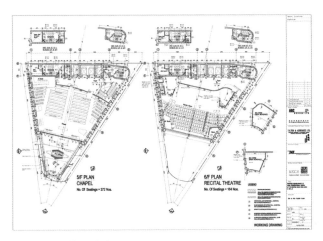

■ 公理堂二樓主要教堂平面圖

■ 公理堂五樓小教堂平面圖

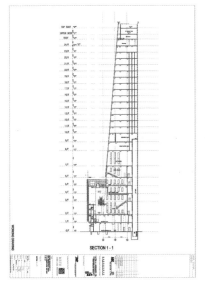

■ 公理堂剖面圖

我城漫步

十架高懸維港夜空

我是建築師，也是天主教徒。二、三十年來的工作中，曾經負責不少本地教堂的建築設計，前文談及的中華基督教會公理堂是其中之一，本文再說一個關於它的故事。

做建築，正常的次序就是先做好設計，讓業主和一眾用家同意後，再入則申請屋宇署和其他政府部門審批，然後再招標找承建商興建。

二零一一年的元旦日，教堂上蓋建築工程經已展開。崇拜過後，重建委員會成員們對我說：「我們要改設計了。」原來，教堂地盤緊貼隔鄰一座老舊住宅樓宇，但住宅的水渠和窗口冷氣機卻伸進了教堂的地界範圍內。按道理，教堂絕對有權用盡地界範圍，而要求鄰居把伸出物後移；本來後樓梯的設計便緊貼地界。但事情令教會與住客僵持不下，令上蓋工程舉步維艱，最後唯有決定修改設計。

筆者收到這個消息，恍如晴天霹靂。「現在才改？怎改？」要知道，改動建築設計，牽一髮動全身，尤其是工程已在施工，更是困難。要把部份外牆退縮，又要不影響其他地方，更要考慮美觀。「就像一輛車子撞了，這個傷口又怎補救？」我說。但我也知道，不改設計，工程根本無法繼續。那種充滿不安的心情早已畫在我的臉上，唯有說：「給我七天時間吧。」但怎樣改？實在還未有頭緒。

還記得，那是一個很冷的冬天。老實說，傷口又豈止在建築物的外牆，還有自己的內心，幾個晚上都徹夜難眠。一個下午，我在工作間望着圖紙那道扭歪了的樓梯，苦無對策之際，突然靈機一觸，彷彿有聲音說：「就讓基督的十架治癒這個傷口吧。」對，就像在傷口上貼上十字形

的膠布。於是，立即找來同事，把一個十架放在折曲了的外牆頂端，以填補因為退避隔鄰住宅而產生的空隙。這一刻，內心突然頓感平安。

七日後，我充滿喜悅的把修改了的設計帶到堂會說：「就讓這十架記載了我們睦鄰的故事，也提醒我們基督的愛可以填補一切的嫌隙。」看着他們寬容的表情，我知道問題解決了。事實是，倘若沒有把教堂背後的外牆退讓，這個十架根本沒法掛在牆外。我更知道，許多事情，冥冥中自有主宰。

■ 從星光大道望向維港，一個發光的十架懸掛在半空。（圖片由公理堂提供）

故事還未完結。上蓋工程一天一天的進行，完工亦指日可待。一天，堂會主席 Steven 傳來一幅照片，照片是他的一個朋友傳給他的，是一幅由九龍星光大道拍攝的維港夜景。照片的景象，卻把我驚呆了──維港夜空竟然出現了一個發光的十字架，照徹海港。我當然知道，這就是在公理堂高懸的十架。（但我從來沒有留意教堂的背面外牆是面向維港的。）我以電郵回覆 Steven 說：「如果我說這個偉大的景象，從來不是我的構想，你會覺得可笑嗎？」「但當我回想到那年冬天所發生的事情，我知道，我們的確蒙恩，主一直在帶領。」「如今，祂要把這故事告訴整個城市了。」

在工程將近完成的那一晚，是測試外牆燈光。一眾堂會成員聚在街頭看着新建成的教堂。Steven 又走過來對我說：「很美。」我笑着回答：「這不是我做的。」我知道他知道我不是在說笑。

（寫於二零一四年一月）

不一樣的骨灰龕

　　香港不但住宅供應短缺，連骨灰龕也短缺。在不斷覓地建房屋之外，政府也在全港十八區內找地興建靈灰安置所。增建骨灰龕，民間並無異議。常聽說：「建骨灰龕？沒問題。但卻千萬『別在我的後園』。」

　　二零一二年十月，和合石第五期靈灰安置所建成。那一天，筆者走出石屎森林，跟着前建築署副署長鄧文彬建築師，參觀那座新落成的建築物。

　　和合石靈灰安置所，佔地三萬六千五百平方米，四周被大自然環抱，環境寧靜幽雅。走進去，就像一個大公園。三萬五千個靈灰龕，設置在一座五層高的長方形大樓內。另外八千個戶外的，則設在大樓毗鄰的階地上。大樓五層高，原來當中也有玄機。「大樓的高度，刻意地不高過安置所上方道路的水平，減低鄰近村民對景觀受影響的疑慮。而大樓的頂層，鋪成了一個大草坪連接上方道路，以提供更多休憩空間，和在節日期間疏導人潮。」建築師說。

　　大樓的外牆設計非常新穎。鄧文彬稱這為「木幕牆」。只見一列列垂直的木條子把大樓包裹着。牆上開了大小不

■ 和合石第五期靈灰安置所，佔地
三萬六千五百平方米，四周被大
自然環抱，環境寧靜幽雅。

一呈不規則形狀的窗口。木幕牆可以遮擋從大樓外面看到
龕堂的視線。木條之間的空間，亦可以確保室內有足夠的
天然光線和對流風。

筆者發現，簡約的木條子外牆，融合大自然環境，為
一直以來讓人感覺硬弸弸、冷冰冰的靈灰安置所，增添了
一份溫柔和暖意。

從橋頭路入口進入靈灰龕前，拜祭人士先要走過一道
七米闊的蜿蜒小徑，再經過入口處一座清澈的倒影池。水
池就像一面平靜的鏡子，把旁邊的麻石圍牆和叢叢翠竹反

映在水面。「簡潔而寧靜的景觀，好讓拜祭人士在進入靈灰龕前，洗滌心靈，去除雜念。」建築師用心地介紹。

室內的都是無煙龕位，只有在戶外的龕位才設有傳統的焚香槽。此外，大樓各樓層都不設冥鏹爐。要燒冥鏹，就要到大樓以外低座內的中央設施。此舉可盡量減低在大樓內拜祭時所產生的空氣污染。

安置所內的低座，是一幢單層建築。除設有中央冥鏹爐外，還有顧客電子資訊中心。這個資訊中心，環境寬敞舒適，屋頂還有幾個天窗讓自然光線進入室內，好讓拜祭人士在寧靜的環境下用互聯網致祭。資訊中心還設有涵蓋全港墳場的數據庫，讓市民搜尋祖先墓地和龕位的位置。

資訊中心外面有個小庭園，當中的園景設計亦充滿寓意。筆者看見一個方形的草坪和一個倒影池。細看之下，原來方形的草坪由外至內是一條螺旋形路徑徐徐而下，直到草坪中心點。建築師說：「這是寓意人死後輪迴再生的循環歷程。」水池則設在高台上，佈局亦見清謐雅致，引人靜心沉思，寓意人於死後回顧前生歷程。

筆者聽着建築師的耐心解說，心境也頓覺平靜。身處這個用心設計的「死人」地方，不但毫無抗拒，反而覺得這個地方實在美麗祥和，而且充滿詩意。

事實上，建築，除了提供設施的功能需要外，還可帶動使用者的情緒。與大自然合一的美觀設計和用料，大大減低了遊人的心理恐懼；相反，拜祭者遊走於山水綠林之間，恍如置身於世外桃源。建築署「以人為本」的設計，為靈灰安置所改變形象，成為新的典範，實在值得嘉許。

只要花點心思，骨灰龕，不一定陰森恐怖。

（寫於二零一二年十一月）

善寧之家——為生命賦意義

■ 賽馬會善寧之家樓高四層，依山而建，建築物與大自然融合，為病人提供清幽寧靜的療癒環境。

二零一七年，香港建築師學會週年獎項新設「主題建築獎——共融設計」。獎項由賽馬會善寧之家奪得。作為該項目的建築師，筆者和團隊都感到非常鼓舞。

位處沙田亞公角山腰上的賽馬會善寧之家，經過四年多的設計與建造，在二零一六年底落成。這裏既不是醫院，也不是療養院，更不是老人院，而是一座為晚期病人提供紓緩治療的院舍。

末期病者，離死亡的日子屈指可算。最需要的，不是用醫療設備去延長生命。更重要的，是有家人陪伴，在最少痛苦下，有尊嚴地活到生命最後的一刻。在醫院，常見病人插着喉管，隔鄰病床病人不斷叫痛，醫生護士在周圍團團轉。在這環境，家人要跟病人獨處，把握珍貴的最後時光，跟將近離世的親人衷心互相説句「我愛你」，或者「對不起」，又談何容易？

因此，建築師的使命，便是要設計一個寧靜和舒適，有如家一般的環境，讓病人和家人的身、心、靈得到照顧。

■ 房間設在最高兩層，地面兩層用作公共空間和辦事處。

我們相信，大自然是最好的身心靈療癒場所。因此，讓善寧之家與大自然融合，便成為我們的設計方向。我們也知道，這是一幢用「心」設計的建築。

善寧之家是一座四層樓高依山而建的建築物。前面是吐露港和沙田馬場，背面是個綠樹林蔭的山坡。我們按地勢設計，把病房設在頂兩層，好讓住宿者享有河景或山景。地下和一樓則設置了餐廳、演講室、靜思室、告別室和多用途房間等配套設施。

這裏不像一般醫院般的冰冷，也沒有隨處可見的醫療器材和團團轉的醫生和護士。相反，地下大堂是個寬敞的大客廳和餐廳，放上了餐桌和柔和色彩的座椅。白天和煦的陽光從外牆落地玻璃透進室內，為空間增添生命力和一份溫暖的感覺。

二樓和三樓共有三十間約四百呎的房間，每間都設有獨立洗手間。還有備餐間可供與病人同住的家人或訪客作簡單的煮食。除了一張可以調校角度的醫療病床外，房間

■ 靜思室可讓家人
為逝者進行喪禮

■ 沉降式的庭園把陽光透進底層的室內空間

都佈置得像家居一樣。在這裏，病人亦可以用自己的物品佈置家居。筆者也曾探訪過一個病者，參觀她的房間，她把孫兒的畫作貼在牆上，令房間滿載親切溫馨。

為了讓住宿者近距離親近大自然，每個房間都設有露台。病者和家人可在房間看風景，細聽風聲雨聲，蟬鳴鳥叫，以紓緩緊張的心情和減輕壓力。

病人和家人如想出外，可以到花園走走。由於建築物建在斜坡，二樓的房間可以與後山連接，我們就在山腳下建了一個花園。有別於香港的公園為了怕落葉要打掃故只種常綠樹，善寧之家的花園種植了會開花的樹木，讓景色

■ 戶外的庭院為病者和職員提供休憩空間

可隨四時變換。此外,園內還種植了迷迭香、薄荷和九層
塔,刺激病人的嗅覺和食慾。

綠樹成蔭、鳥語花香的花園,可說是善寧之家房間以
外的靈魂。這裏提供了視覺、聽覺、嗅覺和觸感,幫助晚
期病人重新感受到生命的動力。通過與大自然接觸,讓病
者和家人的思緒和心靈都能平靜下來。有病人是個馬迷,
入住時竟選擇了花園景的房間而非馬場景,為的就是可看
見活潑的孫兒在花園遊玩。

花園在二樓,為了讓住在三樓頂層的病者更容易進
出房間與花園,我們在三樓住房外建了一道橋,橋面一
直延伸到山腰變成一道沿着山勢徐徐向下的山徑與花園連
接。病人坐着輪椅,甚至躺在病床,都可在家人陪同下暢

■ 每個房間都連接室外花園或露台，讓足夠的陽光透進室內。

順自然地遊走於花園與病房之間，免卻了等候和出入電梯的麻煩。

　　生命走到盡頭，死亡是無可避免的。為了讓逝者有尊嚴地離開，家人得到安慰，院舍的一樓設有告別室和靜思室，讓亡者與家人舉行簡單的告別禮。寧靜室的屋頂有個天窗，好讓一道天光灑進室內，以洗滌和撫慰一切因親人離去而產生的傷痛。

　　設計善寧之家，是一份極有意義的工作。說到底，建築師留下的只是硬件，更重要的，是善寧之家內的一隊極具愛心的專業團隊，秉持着善寧會「天為生命定壽元，人為生命賦意義」的宗旨，為病人和家人提供貼心的照顧。

（原文寫在二零一八年，於二零二零年七月修訂。）

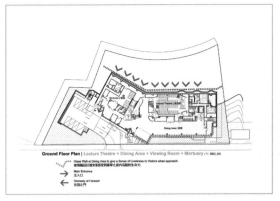

Ground Floor Plan | Lecture Theatre + Dining Area + Viewing Room + Mortuary | 1 : 500 | A3

Glass Wall at Dining Area to give a Sense of Liveliness to Visitors when approach.
玻璃牆設計讓來客感受到善寧之家內活動的生命力

→ Main Entrance
主入口

← Doorway of Farewell
告別之門

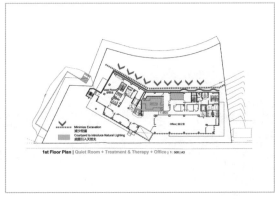

1st Floor Plan | Quiet Room + Treatment & Therapy + Office | 1 : 500 | A3

Minimize Excavation
減少挖掘

Courtyard to introduce Natural Lighting
庭園引入天然光

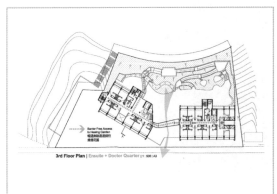

3rd Floor Plan | Ensuite + Doctor Quarter | 1 : 500 | A3

Barrier Free Access to Healing Garden
暢通無阻通道前往療癒花園

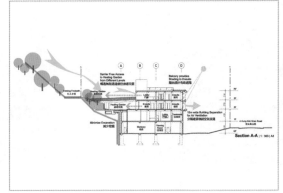

Barrier Free Access to Healing Garden from Different Levels
暢通無阻通道往各樓層療癒花園

Balcony provides Shading to Ensuite
露台設計有助遮陰

15m wide Building Separation for Air Ventilation
分隔建築物讓空氣流通

Minimize Excavation
減少挖掘

Section A-A | 1 : 300 | A3

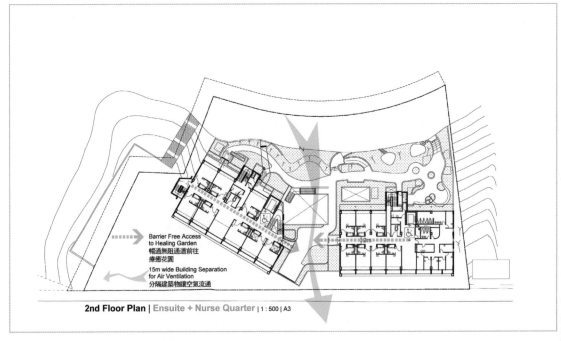

Barrier Free Access to Healing Garden
暢通無阻通道前往療癒花園

15m wide Building Separation for Air Ventilation
分隔建築物讓空氣流通

2nd Floor Plan | Ensuite + Nurse Quarter | 1 : 500 | A3

■ 由筆者與建築團隊負責設計建造的賽馬會善寧之家，二零一六年底落成。二零一七年，此建築設計獲得香港建築師學會週年獎項新設的「主題建築獎——共融設計」。圖為賽馬會善寧之家的建築圖則。

3

海濱穿梭

還港於民，一步一腳印

水深港闊的維多利亞港，自開埠以來都是香港的標誌。回歸以前，城市不斷發展，填海造地一直是解決土地供應的不二法門。故此，維港兩岸的海岸線不斷改變，填來的土地上發展了大量的高樓大廈和高速公路。經年累月的填海再填海，令維港愈來愈窄，海岸離舊社區也愈來愈遠。

一九九七回歸前夕，立法局通過《保護海港條例》，訂明維港為香港人特別公有的天然資源，必須受到保護和保存。到九九年，城市規劃委員會為維港規劃訂下願景，希望把維港打造成一個具吸引力、活潑暢達和代表香港的地方，成為「港人之港、活力之港」。二零零三年，規劃署亦完成了宏觀性的維港規劃框架，為維港總體規劃奠下基礎。

不過，這些框架就像紙上談兵，未能在社會上產生共鳴。那個時候，維港主要用作航道和船隻客貨上落，海岸都被公路、貨物裝卸區和一些基礎設施如泵房等佔據。能夠讓市民大眾近距離接觸海濱的，只有幾個碼頭。

維港規劃的轉捩點，應是二零零三年的填海訴訟。當年中環填海計劃遭保護海港協會提出司法覆核，認為填海工程違反《保護海港條例》。雖然經上訴後法庭判決政府勝訴，但判詞對填海條件訂下了極高的門檻。在維港填海，必須通過凌駕性公眾需要的測試。

由於訴訟事件引起社會對保護維港極大關注，政府於二零零四年五月主動成立共建維港委員會，並邀請各專業團體、商界組織、環保組織及保護海港協會等，自行委派代表成為委員，就海濱規劃事宜向政府提供意見。當年在

■ 中環新海濱部份已建成海濱長廊及公園，其餘地方
則通過短期租約讓經營者舉辦多元化的活動。

■ 昔日的維多利亞港（吳永
順水彩作品）

政府內積極推動成立該委員會，並破天荒地接受團體自行
委派成員出任委員的，正是時任房屋規劃及地政局常任秘
書長，一七年就任第五屆香港行政長官的林鄭月娥。

委員會提倡公眾參與，在海濱規劃事宜上「與民共
議」，而且所有會議都是公開進行。隨後更訂立了「令維
港成為一個富吸引力、朝氣蓬勃、交通暢達和可持續發展
的世界級資產」的海濱願景。並聯同政府規劃署制定了一
套「海濱規劃原則及指引」，作為日後維港海濱發展的重
要參考藍本。

筆者參與維港海濱的工作，始於二零零四年，當年
代表香港建築師學會成為共建維港委員會成員。一零年該
委員會改組為海濱事務委員會，筆者再獲政府委任為委員
並擔任屬下啟德海濱發展專責小組主席。到一八年再被委

任為海濱事務委員會主席。十七年來的工作，方向簡單清晰，就是朝着海濱願景進發，把握機遇，一步一步地把願景落實，把海濱逐步開放給公眾享用。

不過，要成就海濱願景，要「還港於民」，工作卻異常艱巨。維港兩岸海濱全長七十三公里，相等於七十三個地鐵站的距離。我們從整個海港的策略性規劃，到港九沿海各區的城市設計，到每個海濱項目的細節如涼亭欄杆座椅綠化等佈局與設計都要一一兼顧。我們形容自己的工作，就像空中的小鳥，時而高飛，時而低飛。高飛時看全局，低飛時看細節。我們主要與政府規劃署和工程拓展署合作，通過連串的公眾參與活動，做了多個地區性的城市設計研究，當中包括港島東區、北角至灣仔、中環新海濱、尖沙咀至紅磡、啟德發展區及九龍東等。除此之外，

■ 維多利亞港是港人寶貴的資產，亦是香港的標誌。（安泰攝影作品）

海濱穿梭

亦對由西九管理局負責的西九文化區規劃給予意見。

　　大型規劃實踐需時，但我們亦不忘盡早讓市民享用海濱。因此，西九臨時海濱長廊在二零零五年中秋節落成。灣仔貨物裝卸區搬遷後，該海濱變成了深受愛犬人士歡迎的寵物公園。雖然只有短短三年壽命，但至今仍為人津津樂道。

　　到二零一零年，共建維港委員會改組成海濱事務委員會，並由發展局局長出任副主席，冀能更有效地統籌各政府部門以推動相關工作。至二零年十二月，海濱事務委員會連同屬下專責小組委員會共舉行了一百七十二次會議，討論與海濱相關的項目共超過五百項。

　　要實踐「把全長七十三公里的維港兩岸海濱連成延綿不絕的海濱長廊，讓維港海濱成為人人可享的公共空間」這宏大願景，不能一蹴即就，只能見一步走一步。要知道，維港海濱並非白紙一張，有填海工程正在進行中的，有仍然用作貨物裝卸用途和避風塘的，也有被其他政府部門、公共機構或私人物業佔用的。因此，要把海濱變成連成一線的長廊，就像玩拼圖，可做的便先做。

■ 中環海濱以短期租約模式租予私人營運者舉辦不同的活動（安泰攝影作品）

■西九文化區海濱長廊採
用了沒有欄杆的設計（安
泰攝影作品）

　　自海濱事務委員會成立以來，我們先後完成了中西區
海濱長廊中環段、西環段，鰂魚涌海濱長廊；油麻地海暉
道、紅磡和觀塘海濱長廊；以及啟德跑道公園等。這些短
期工程能夠讓市民盡早享用海濱，飽覽維港景致。至於北
角海濱，因屬私人物業範圍，我們於是建議在東區走廊橋
下興建板道以連接長廊。

　　不過，海濱長廊一般由康文署作管理，受制於《遊樂
場地規例》，在管理上有不少限制。例如缺乏小商店和餐
飲設施，沒有街頭藝術和表演，又不准騎單車進出；與朝
氣蓬勃的世界級海濱相距甚遠。在二零零八年的共建維港
委員會年代，委員們曾到世界各地受歡迎的海濱取經，當
中包括倫敦、悉尼、新加坡、三藩市及溫哥華等，以探索
一個適合的模式以管理維港海濱。

　　既然由政府管理諸多規限，由私人機構管理又難以
獲得公眾認同（早前尖沙咀星光大道延伸段的爭議便屬一

例）；因此自二零一一年起，委員會便積極討論並建議成立專責的海濱管理局，以更靈活和多元化的模式管理海濱。上屆行政長官在一二年上任後的首份《施政報告》，亦對成立海濱管理局的建議反應正面。

我們分別在二零一三和一四年就成立海濱管理局的建議展開兩階段的公眾參與活動，成員亦曾到立法會和九個與維港海濱相連地區的區議會介紹建議；雖然市民對建議細節上有不同意見，但對成立海濱管理局管理維港海濱表示支持。一六年初，我們把最終報告向行政長官提交。可惜，一七年的《施政報告》卻認為成立管理局「條件未成熟」，暫時擱置，實在令委員們非常失望。

面對海濱管理局成立需時，為了令海濱更活潑更具吸引力，我們連同發展局海港組，把中環新海濱以短期租約模式租與經營者以舉辦不同的活動。此後，海濱出現了小型摩天輪，亦舉行了嘉年華會、遊樂場、餐飲活動、馬戲團表演、室內和露天演唱會等。這些活動，除了令海濱更朝氣蓬勃和多元化外，亦深受市民及旅客歡迎。

海濱管理局未能成立，政府決定先以專責團隊和專款專項的方式提升優化維港海濱的工作。海濱事務委員會將連同由海港組強化而成立的海港辦事處，繼續推動落實優化海濱的項目，進一步伸延維港兩岸的海濱長廊、美化周邊用地及改善海濱暢達性。政府亦在二零一七年預留五億元作首階段推動海濱發展之用。專款已在各區實踐多項海濱優化工作，例如紅磡碼頭和荃灣海濱，與及港島方面的西營盤和連接中西區海濱長廊中環段至灣仔會展海旁等。

到一九年二月，《財政預算案》宣佈預留六十億元投入海濱建設，充份表現了政府對優化海濱的決心與承擔。相關款項會用作推展九個重點項目，當中六個在港島，三個在九龍、啟德及荃灣區，預計在十年內把海濱長廊增至三十四公里，為市民提供約三十五公頃的休憩用地。

（原文寫在二零一七年七月，於二零二一年五月修訂。）

■ 如果要用一張照片代表香港，那就是維多利亞港。

飛鳥看維港——淺談海濱規劃

　　筆者自二零零四年開始參與維港海濱事務的工作，見證着海濱的蛻變，也深深體會為成就願景而須克服種種困難。把全長七十三公里的海濱還給市民，成為人人可享的公共空間，一直是我們的目標。但海濱不是白紙一張，各區海旁充斥着不同的現存設施及用途，例如貨物裝卸區、貨櫃碼頭、泵房、公路和各樣基建設施，又或者是私人土地。這些設施或土地用途，又可能與休憩用途互相矛盾。要解決，並不是一件容易的事情，也不能一蹴即就。

　　海濱事務委員會的角色，既是推動者，也是統籌者和監察者。我們的其中一項職能，便是在構想、規劃、城市設計、發展、市場推廣、品牌建立、管理及營運海濱用地及海港範圍內鄰近水域方面，擔當倡導、監察及積極的諮詢角色。換句話說，不論是維港海濱水陸範圍的宏觀整體規劃，到每個海濱地區的城市設計，再到每段海濱長廊的細部設計；都屬我們的工作範疇。

　　在海濱規劃和城市設計方面，我們一直推動公眾參

■ 從尖沙咀高空望向維多
　利亞港宜人的夜間景致

與，與民共議。在委員會成立初期，我們通過公眾參與制訂了一套《海港規劃原則和指引》。例如要確保海濱人人可享而減少作為基建發展和公用設施，海濱不宜作為停車場和設置大型廣告招牌；又例如需有優良的城市設計以建立香港品牌；又例如要保持海濱的暢達性，避免屏風樓阻礙通道和視線等等。往後由政府部門的規劃，或者是由私人機構的項目設計，都必須合乎這些《原則和指引》進行。委員會評核和審視各項目設計時亦須根據《原則和指引》給予意見。

因此，我們的工作就像天空中的小鳥，時而高飛時而低飛。高飛時俯瞰整個維港規劃，低飛時視察細部設計如欄杆、座椅、一草一木以至路牌標誌。但高飛時又看不見細節，低飛時卻忘掉了大局，忽高忽低的繁重工作有時都會令人頭暈目眩。作為成員也要花好一段時間才能習慣。

要成就「朝氣蓬勃、交通暢達和可持續發展」的海濱願景，首先要從城市規劃開始。

從二零零四年起，城規會為了將維港兩岸海濱連成

一線，陸續把各區臨海土地劃作休憩用地，並將建屋用地從海旁後退而騰出長廊空間，以免新建樓宇佔據海旁而截斷海濱的連貫性。在新規劃的啟德發展區、中環新海濱及灣仔填海區，規劃署便把海濱預留最少二十米寬的海濱長廊。重建用地亦如是，北角油街和前北角村的重建計劃便是一例，政府在新地契內要求樓宇向內退縮二十米，以作興建海濱長廊之用。

　　海濱規劃不能千篇一律，須要因地制宜，按照海旁土地面積大小，海岸線和水體的佈局，和當區的特色來規劃。規劃署曾經做過研究，把維港海濱分為七區，包括港島東、中環及灣仔、港島西、九龍東、九龍中、西九龍及西部港口。然後再在不同地區分別做詳細城市設計研究，已完成的包括港島東海旁、中環新海濱、銅鑼灣及灣仔海旁；啟德發展區、尖沙咀與紅磡，以及由西九管理局負責規劃的西九文化區。每項研究都通過公眾參與活動，與民共議，讓持分者充份交流和表達意見，以確保最終規劃合乎社區需要。

■ 從港島東面望向維港，可看見銅鑼灣避風塘。（安泰攝影作品）

海濱穿梭

■ 維港東面的景觀，遠處可以看見港島的東區走廊
及啟德郵輪碼頭。（安泰攝影作品）

■ 北角海濱土地被私人物業佔據，政
府建議在東區走廊橋下興建板道。
（安泰攝影作品）

　　在城市規劃和設計的過程中，我們察覺到，要把海
濱劃作海濱長廊，在沒有原有設施的新規劃區難度不高。
不過，若然海濱區早被私人土地佔據，加上不能再填海，
便要另闢蹊徑。例如在北角一帶，經過研究後顧問便建議
利用東區走廊橋底興建板道，以連接北角至鰂魚涌的海濱
地區。

　　如果從維港上空高角度往下看，便會發現葵青區是
海上運輸樞紐，西九是文化區，啟德主打體育及旅遊，中
環灣仔尖沙咀重商業旅遊和水上活動。其餘地區例如港島
東西、紅磡和九龍東等則作為較靜態的休閒區。以上是維
港各海濱區的「大局」，成為往後各項目訂定設施和建築
設計的框架。

（原文寫在二零一九年八月，於二零二零年七月修訂。）

海濱設計，須以人為本，因地制宜

　　一個城市的海濱、街道、廣場和公園，同樣是人人可享的公共開放空間。不論貧富、年齡種族、殘疾健全，也不論是市民還是遊客，都不應被排拒於外。筆者參與海濱工作十多年來，不時聽到市民擔心海濱被私有化而導致部份公眾無法使用，又或者變成豪宅後花園。但事實是，我們的城市規劃以把海濱用地劃為公眾休憩用地為大原則，以確保該海濱空間可以開放給任何人士享用；就算是由私人機構管理的星光大道也不例外。海濱事務委員會必會堅守「人人可享」這個基本信念，以監督各個海濱項目。

　　做設計之前，先看設施。海濱既是以人為本，那究竟市民需要些甚麼呢？在過去十多年我們與民共議，出席連串的公眾參與活動，了解市民對海濱設施的訴求。例如市民愛在海濱跑步散步釣魚；海濱要有綠化設施、座椅和遮蔭；海濱可以遊玩遛狗騎單車等。另外，要打造世界級海濱，要有表演場地，露天茶座，水上餐廳和雕塑展覽。也有人建議更多的水上活動如帆船、舢舨、扒龍舟等。

　　不過，做設計不是一般市民的工作，最終設計便要由項目建築師處理。面對有限的空間及無限的訴求，我們便要作出取捨。我們期望每段不同的海濱應各有特色，不能把每段海濱都變成「自助餐」，即甚麼都要一點點。因此設計者須要因地制宜，按地形環境和土地面積大小做設計。我們發現，如果一段海濱要同時出現互不重疊的行人道、緩跑徑、單車徑、寵物通道，再加上綠化草地和座椅，還要有兒童遊樂場、露天茶座和表演場地，海濱長廊再闊也容不下。因此，在需要取捨之餘，我們也要向市民推動共用空間的概念，及使用者互相包容的態度。

■ 銅鑼灣避風塘（吳永順水彩作品）

　　雖然維港兩岸的海濱全長七十三公里，但不同地區的
長廊闊度寬窄不一，而且周邊環境亦有分別。遠離民居的
地方，例如中環、灣仔或尖沙咀等商業區，可以設置更豐
富活潑的設施，例如餐飲、遊樂場和表演場地。相反，在
接近住宅區的海濱設施，便以相對靜態的休憩設施較為恰
當，以免燈光和噪音干擾居民作息。

　　另一方面，不同段落的海濱也有「目的地」
（destination）及「連接者」（connector）之分。所謂「目的
地」，是鼓勵遊人作聚腳停留、舉行或參與活動的地方，
如展覽場地、街頭表演和露天茶座等；這些地區擁有較寬
闊的長廊（例如闊度超過二十米），方便活動進行時亦不會
阻塞長廊通道。至於「連接者」，由於闊度有限（例如少於
十米），功能主要是接駁不同的目的地，便適宜用較簡單

■ 港島西區海濱的副食品市場碼頭，由於地形獨特，成為維港一段獨一無二的海濱目的地。

設計，設置綠化設施和座椅以作靜態休憩用途已足夠。

我們的城市規劃，從來只牽涉陸地規劃。但要成就一個多元化和富吸引力的海濱區，水上規劃亦非常重要。海上活動與陸上設施要互相呼應。例如在水上舉行龍舟競賽或水上運動，陸上便需有看台和配套設施。例如要有水上的士，陸上便要有讓人上落船隻的碼頭。此外，為推動親水文化，岸邊亦可考慮設置從海岸直達水體的梯級式設計。

在陸地一邊，我們鼓勵在海濱創造生氣洋溢的街景，並進行各式各樣的用途。例如在長廊旁邊設置商店、酒吧或咖啡座，再配合海濱長廊，從而令維港更具活力。我們認為，海旁建築物臨海的一方應該避免設置機房或空白牆壁，倘若無可避免，便應採取適當改善景觀或圍景美化措施以紓緩視覺上的負面影響。

香港休憩用地的種植，往往因方便管理的關係，只選

■ 西環碼頭是賞日落的好去處（安泰攝影作品）

■ 添馬至會展一段海濱長廊，擔任了連接者的角色。（安泰攝影作品）

擇不開花不落葉的植物品種，造成單調和欠缺變化的園林景觀。我們建議應考慮進行主題種植，例如一些在不同季節開花的植物，形成四時變換的景觀，為海濱不同段落建立風格和地方感。

我們鼓勵設計多花心思，以使用者為本，從而創造出朝氣蓬勃、富吸引力，令香港人引以為傲的維港海濱。

（原文寫在二零一九年八月，於二零二零年七月修訂。）

靈活管理，為海濱注入生命力

為了確保公眾可以享用海濱，城規會已把大部份海濱地帶劃為休憩用地，再建設成海濱長廊和公園。香港的公園，主要是交由政府康文署負責管理。

管理者的思維決定了海濱的生命。看看香港的公園，樹木不開花、不落葉，因為管理者怕打掃、怕通渠。長椅中間加扶手，因為管理者怕人躺臥。公園沒有藝術雕塑，因為管理者怕人攀爬。海濱圍欄杆，公園沒水池，因為管理者怕人出意外而投訴。凡此種種，都局限了海濱長廊的設計。

此外，康文署管理休憩用地，受制於《遊樂場地規例》。公園不准唱歌奏樂，不准遛狗、不准騎單車，不准放小型飛機、放風箏、放氣球，不准售賣商品。難怪有人譏笑說：「這樣不准、那樣不行，市民到長廊公園，只可以站着，坐着和走路。」這些過時的規例，亦大大約束了市民在公共空間進行不同的活動，從而令海濱的活力和吸引力大打折扣。如果要把海濱變得朝氣蓬勃，媲美世界級的海濱，便要豐富海濱區的設施和活動，並尋找由政府以外更靈活的管理模式。

海濱事務委員會一直關注海濱管理問題。在二零零八及二零零九年更先後遠赴倫敦、新加坡、悉尼、三藩市和溫哥華五個海濱城市考察，探索不同的管理模式。我們發現，舉世聞名的海濱區都有一個共通點，就是由一個獨立機構一站式負責海濱區的規劃、設計、建造、營運和管理，甚至為海濱區進行推廣工作。另外，這些海濱區，例如悉尼達令港，又例如新加坡克拉碼頭，根本不是公園。

由此可見，把海濱單單規劃成休憩用地，再由康文署以

■ 中環海濱活動區由私人營運商管理,除了摩天輪外,還不時推出不同的大型活動。(安泰攝影作品)

■ 觀塘海濱長廊旁邊的天橋底公共空間由非政府組織管理及營運。橋底並設有餐廳、花店和展覽館等不同設施。(安泰攝影作品)

管公園的模式管理,便無法成就「活力之港」的海濱願景。

我們在二零一二年向政府提交報告,建議成立海濱管理局。有關建議在一三及一四年進行了兩輪公眾參與活動,獲社會普遍支持。但隨後社會出現其他紛爭,到一七年,政府認為時機未成熟,把計劃擱置。輾轉近十年,不幸地又回到原點。

既然海濱管理局未能成立,若要盡快落實更富生命力的海濱,便不能乾等,必須要尋求其他有別於政府管理的辦法。我們認為,公私合營管理海濱是個可以考慮的方案。

我們一方面希望政府能更積極進取,以更靈活的方式管理海旁地區,例如對小商戶及街頭藝術表演者採取較寬鬆的發牌制度,並推動更多的藝術文化和社交活動供市民大眾欣賞。另一方面,可以鼓勵私營機構參與、發展和營運海濱用地。

事實是,過去數年,我們持續觀察由私人機構或非政府組織管理海濱的成效,初步可說是令人鼓舞。雖然常聽到公眾對公私合營模式表示關注,擔心公地私用,或令不想消費的人士無法享用;不過倘若有清晰條款確保海濱必須人人可享的原則,應可釋除社會疑慮。

中環新海濱區自二零一四年起以臨時租約方式予私人

■ 尖沙咀星光大道上的露天餐廳讓遊人一邊品嚐美食，一邊欣賞海景。（安泰攝影作品）　■ 尖沙咀星光大道沿途設有商店和小食店（安泰攝影作品）

公司營運，除了固定的摩天輪外，還有偌大場地可以舉行不同的活動，例如美食節、藝術展覽、露天音樂會、演唱會、嘉年華會等。雖然部份是收費活動，但租約亦訂明營運者全年需撥出最少一百二十天舉行免費活動。而當區的海濱長廊則二十四小時開放給市民使用。

二零一九年重新開放，以電影為主題的星光大道，由發展商營運，也是受市民和旅客歡迎的景點。掌印、欄杆和情侶座椅的設計別出心裁，長廊上又設有小商舖售賣富本地特色的飲品食物和工藝品。多元化及非標準化的設施和設計，豐富了市民在海濱的體驗。

此外，觀塘海濱亦撥出長廊部份用地由非政府組織營運，為市民提供餐廳和活動場地，更定期舉行不同社區活動。二零一八年曾推行為期半年的「共融通道試驗計劃」，提供免費單車租賃，容許市民在海濱騎單車，推動人車共融的理念。

另外，港島西區「摳山窿」公園的管理者，是中西區區議會而非管理一般公園的康文署。在區議會的推動下，民政事務專員找來本地學生和年輕設計師為公園做設計，再統籌一眾社區團體在公園舉行不同的活動。由於管理及營運者的不同，跳出了固有的框架，令設計更創新，更有

海濱穿梭

■ 西環碼頭在天雨過後地面積水形成一面鏡子，沒欄杆的海岸把天水相連，令這段海濱擁有「天空之鏡」的美譽，更成為來自世界各地遊客的「打卡」勝地。碼頭由海事署管理，二零二一年三月因管理問題對外關閉。（安泰攝影作品）

■ 港島西區捐山窿公園由民政事務署管理，遊樂設施有別於康文署的傳統設計。

■ 港島西區卑路乍灣海濱長廊於二零二零年落成啟用，採用了較寬鬆的管理模式。

彈性，遊樂設施也更好玩。另外，建築期只用了四個月時間，比傳統公園更快速。

由此可見，要海濱更多元化和更有活力，便需要包容另類的管理和營運模式。

為了推動更多元化的設計與管理，我們建議，正在規劃中的項目，例如灣仔的水上活動主題區和慶典主題區等，都可以考慮以公私合營模式管理及營運，適當地包容餐飲、運動和表演設施，再加上富創意的城市設計，令該段海濱成為一段更具活力的目的地。

（原文寫在二零一九年八月，於二零二零年七月修訂。）

維港海濱，這麼近，那麼遠

筆者小時候，住在銅鑼灣的百德新街。還記得，每天都跟祖母到街市買魚。那些年，街市就在街口的海旁，賣魚的小販都在小艇上，而包裹着魚兒的，是報紙和鹹水草。那些年，海濱近在咫尺，是兒時的生活空間。過了不久，因為填海，這個街市便消失了。自此之後，維港的海旁，離開民居愈來愈遠。

城市規劃以車為本，多年來填海造地，建馬路、建商廈，若要步行前往海濱，便要穿過天橋，跨過十多線行車的大馬路才能抵達，為行人帶來諸多不便。

香港人的海濱願景，就是要令海濱成為「富吸引力、朝氣蓬勃、交通暢達和可持續發展的世界級資產」。十多年來，我們推動了不少海濱活化項目，建設海濱長廊和海濱公園，為市民提供休憩玩樂的好去處；並在海濱舉辦露天音樂會和節日活動，以增加海濱的吸引力。

不過，要解決交通暢達的問題，還有不少路要走。二零一四年二月，筆者出席一個香港與西班牙巴塞隆拿市合辦的海濱研討會，香港建築師嚴迅奇是講者之一，他說：「我不擔心我們的海濱沒好設計，沒有活力。我最擔心的，就是沒有好的可達性 (connectivity)。」嚴迅奇指出，可達性不單是有沒有天橋隧道接駁，而是關於遊走當中的體驗。

對，由活力充沛的內城到海濱，市民便要走過單調而沉悶的天橋。舉例說，港島西區的中山公園，有大草坪、有體育館、有泳池，但就是「不就腳」。西九文化區亦如是，由九龍站前往，又要繞一大個圈，去過一次都不願再去了。尖沙咀地鐵站往星光大道，本來可以好端端的從

■ 由嚴迅奇設計的金鐘
添馬公園內有大草
坪，連接了地鐵站和
海濱地帶。

地面馬路走過，但為了疏導交通，運輸署把地面過路線取
消，行人又被迫走到老遠的隧道才可過路。（後來政府聽
取了社會意見，恢復地面的過路線。）

嚴迅奇舉出了三個較佳的例子，一是中環國際金融中
心（IFC），二是灣仔的中環廣場。行人從天橋可經過商業
大廈和商場再前往海濱區，天橋系統與市民的生活空間連
繫起來，沿途走過便不覺沉悶。

第三個例子便是他設計的添馬艦政府總部，他以大草
坪把海濱與金鐘站連接起來，讓市民可通過漂浮在半空的
公園直達海旁，途中還可經過餐廳和露天茶座，豐富了遊
人的體驗。可惜因為一些原因，添馬公園和天橋竟未能與
海富中心接駁，成為建築師的一個遺憾。

同一年，四位伍斯特理工學院（Worcester Polytechnic
Institute）的大學生，從美國到香港，做了一個關於維港海
濱的研究，以遊客身份探討海旁的可達性和吸引力。四位
年輕人在六星期內走遍維港海濱，從南至北，從各地鐵
站前往該區海濱；又從西至東，沿海濱自堅尼地城到筲箕

■ 從添馬公園海旁可以眺望西九龍的　■ 中環填海後須以天橋連接鐵路站與海濱（安泰攝影作品）
　高樓大廈

灣，又從青衣走到鯉魚門。當中過程，難免跌跌撞撞，到
處碰壁。

　　事實上，該學院在二零零八年亦曾派學生在香港做過
同樣的研究。他們發現，全長七十三公里的維港海濱，在
二零零八年時可供市民享用的有 13.4 公里，到二零一四
年已增加到 21.4 公里。他們認為，前往海濱的通道和指
示路牌比六年前是改善了。不過，他們亦發現，海濱長廊
未能連貫，走到一段的盡頭便要走回頭路，又沒有指示牌
引領路人走到下一段海濱長廊。

　　說得對，正如當時一些區議員說，我們的海濱現在就
像「斷截禾蟲」。要達到連綿不絕海濱長廊的願景，還要
一段長時間。研究員亦指出：「你們的海濱，應該有更多
的餐飲設施，座椅和洗手間。還有，我們又發現，海濱對
狗隻、單車和釣魚者都不太歡迎呢！」

　　「噢，海濱可不可以遛狗，海濱可不可以騎單車，這
些都是具爭議的問題，有機會再詳談吧。」我說。

（原文寫在二零一四年二月，於二零二零年七月修訂。）

海濱穿梭

棄置碼頭變身活潑空間

■ 可以遠眺青馬大橋和西九文化區的「中西區海濱長廊——西區副食品批發市場段」，由四個空置碼頭改造而成，啟用後吸引不少市民到訪。（安泰攝影作品）

自二零零四年以來，筆者一直擔任活化維港海濱的公職。我們的願景，就是把維港兩岸的海濱建設成朝氣蓬勃富吸引力的公共空間。十多年來，兩岸一段段的海濱長廊相繼落成，成為市民親近維港的消閒好去處。二零一八年四月，位處港島西區副食品批發市場以北的海濱長廊落成啟用。那年趁着七一回歸紀念假期，筆者前往這段港島最西面的海濱長廊走了一趟。

這段名為「中西區海濱長廊——西區副食品批發市場段」的長廊，全長四百米，闊度只有 6.5 米，相對維港海濱其他地方是窄了一點，但最具特色的就是有四個延伸出海中心的四個碼頭。四個碼頭大小形狀不一，卻被改造成不同主題的公共空間。一號碼頭是兒童空間，設有遊樂設施讓兒童玩耍；二號碼頭是藝文空間，地面鋪上木板，可以作為露天廣場舉行不同活動；三號碼頭鋪了草坪，還保

■ 長廊只有五米闊，主要用作通道和跑步徑，活動空間都在四個
碼頭上。（安泰攝影作品）

存了一個碼頭上落貨用的吊機，成為文青「打卡」熱點；
四號碼頭則是釣魚區，供釣魚發燒友享受釣魚樂趣。

　　夏日的下午，市民在海濱散步緩跑，或在旁邊的座椅
閒坐乘涼。幾個老人家正在長廊上的設施舒展筋骨。雖然
天氣炎熱，但微風從海面吹來，還是令人感覺舒暢。空氣
中還帶着一點海水的味道。港島西面的海濱，景觀份外開
揚。面向維港，左邊可遠眺青馬大橋，右邊是西九的高樓
大廈及興建中的文化區。前面不時有來往港澳的噴射渡輪
駛過，形成一幅充滿動感的圖畫。

　　在這裏，發現有不少釣友垂釣，還不限於釣魚區。由
於是假期，年輕人連群結伴拿着相機在碼頭擺姿勢與維港
合照。不過，最受歡迎的，還是兒童遊樂場。只見小朋友
們興高采烈地在遊樂設施上攀高爬低，樂趣無窮。家長則
坐在碼頭長椅上，守護着玩得歡天喜地的孩童。多元化和

海濱穿梭

■ 一號碼頭改造成兒童遊樂場地（安泰攝影作品） ■ 三號碼頭鋪上草坪，還保留了一座上落貨用的吊機。（安泰攝影作品。）

充滿活力的海濱，就是要容許不同的活動進行。

當時走在長廊上，看着海濱的轉變，想起了約十年前關於這四個碼頭的一段小插曲。其實，四個碼頭險些兒被拆掉。

批發市場外有五個碼頭，本來都用作供船隻運送貨物；後來因運送需求減低，漁農自然護理署只使用其中一個碼頭以卸載魚類產品，其餘四個則空置。在二零零七年，審計署批評碼頭空置浪費資源，敦促漁護署設法善用和活化四個空置碼頭。

隨後，漁護署連同政府產業署和其他政府部門的官員組成了工作小組，為碼頭尋找新用途。產業署四出向各政府部門邀請接管空置碼頭，卻換來冷淡的反應。產業署又認為維修碼頭費用高昂，公開招標作商業用途並不可行。那麼用作停車場又如何？運輸署認為該處風高浪急，基於安全理由，並不支持。當時，有區議員建議不如改作休憩

■ 四號碼頭地面鋪上木板，是個自由活 ■ 四號碼頭斜坡保留原來碼頭的氣氛，不少市民前來
動空間。（安泰攝影作品）　　　　　釣魚。（安泰攝影作品）

用地，但康文署因附近仍有碼頭正在使用，認為改成公園
讓市民進出會有危險。

　　各部門你推我讓，拖拖拉拉又一年，四個碼頭仍是無
人問津。苦無對策之下，漁護署便向共建維港委員會（海
濱事務委員會的前身）建議把四個碼頭拆掉。還記得，當
時委員聽後都感到非常詫異，堅持四個碼頭不能拆，碼頭
「一個都不能少」。並要求政府按《海濱規劃原則》重新
規劃作休憩用途，然後落實建設。幸好政府從善如流，四
個碼頭得以保存下來。

　　往後的發展，便是由中西區區議會用社區重點項目計
劃的一億撥款落實了海濱長廊建議，由康文署負責管理。

　　當年的堅持，加上區議會的積極推動，成就了今天這
段活潑海濱。

（原文寫在二零一八年七月）

海濱穿梭

綿延千米的海濱長廊

　　維多利亞港景色優美，是香港的天然資產。在維港兩岸海濱興建綿延不絕的海濱長廊，一直是市民的願景。二零一五年初，觀塘海濱花園第二期全面開放，為市民提供了新的消閒好去處。長達七百五十米的第二期海濱花園，與早在二零一零年開放的第一期無縫地連接，成為一道全長約一千米的海濱長廊。

　　觀塘海濱花園，前身是個貨物裝卸區。為使貨物裝卸區可逐步遷移，海濱便分兩期發展。兩期設計都由建築署一手包辦。建築師以充滿工業元素的鋼鐵玻璃和鐵網作物料，建成了幾座極具雕塑感的塔樓，有似是一綑綑回收廢紙重疊而成的，也有像貨物裝卸起重機造型的。這些雕塑取材，為已成歷史回憶的裝卸區留下印記。

　　公園有六個入口，與海濱道連接。從海濱道進入公園，先要經過觀塘繞道的天橋底。建築師連天橋底也不放過，把一些公園設施例如兒童遊樂場和感官花園建在橋底下。此舉既可增加休憩用地的面積，又可善用城市的棄置空間，實在一舉兩得。

　　除了兒童遊樂場和感官花園，公園內的設施還包括公共洗手間、長者健身角和海濱樹木徑等。公園西北端的盡頭處，還有一座兩層高的辦事處和小食亭。

　　長廊靠岸處的地面以木板鋪蓋，圍欄則以玻璃作物料，減低了長廊與海港之間的視覺障礙。遊人可以在木板地上散步或緩跑。木板走廊的另一邊是個大草坪，有如一幅軟綿綿的綠地毯。今天的大草坪，是可以讓遊人在上面行走或躺臥的，也算是一大進步吧。

　　為了讓市民可從不同高度觀賞海港景致，公園設有兩

■ 觀塘海濱長廊長達近一千米，是市民跑步和休憩的好去處。（安泰攝影作品）

個有蓋看台，還有三個互相連接的觀景台。坐在梯級式看台看海景，不怕日曬雨淋，也不愁視線被人遮擋。遊人更可沿着樓梯或斜坡登上觀景台，從高處眺望海港。走上台上，前面就是啟德郵輪碼頭，遠處是港島東區，別具層次的維港美景盡入眼簾。

香港的公園長椅，過去為了防止露宿者躺臥，座椅中間加上扶手，影響觀瞻，備受批評。筆者發現，草坪中的座椅經過特別設計。座椅圍成一圈圈，而且是些微高低起伏的。建築師這樣做，既美觀又可解決躺臥的問題，實在是個聰明的設計。至於其他的長椅，都變成只夠兩個人坐的短椅，長度遠不及一個人的高度，要躺也沒法躺。

值得一提的是，長廊岸邊還保留了半數從前貨物裝卸區用的圓形繫纜柱，其他的便遷移到長廊作座椅之用。

■ 海濱長廊設有觀景台供遊人從高處欣賞海景

■ 海濱長廊入口處的巨型燈光裝置，以昔日裝卸區堆疊的貨物作為創作靈感。

■ 觀塘海濱花園內的起重機塔樓，與遠方裝卸躉船的起重機相映成趣。

　　此外，公園還設有特別的噴霧水景和燈光裝置。每到晚上，地上散射出水霧，再加上七彩繽紛的光影效果，令海濱長廊添上一片浪漫氣氛，也為炎炎夏夜帶來一陣清涼。

　　怪不得，觀塘海濱長廊一直是愛好攝影者的理想場景。

　　那個下午，天氣晴朗，烈日當空，公園內遊人不多，但仍可看見有人在欄杆旁垂釣，在千米長的海濱跑步，也有情侶在海濱拍照留念。

■ 長廊上設有「防止躺臥」的座椅

■ 每逢假日,不少市民一家大小前來海濱,尤愛在大草坪休憩玩樂。

■ 長廊面向前啟德跑道上的郵輪碼頭,是個看日落的好地方。

　　而我,就登上觀景台,在藍天白雲之下凝望眼前遼闊的海港,思索着多年來維港的變遷,一段段的海濱長廊像砌拼圖般逐一落成。心裏還是充滿感激,感激一群在民間或是在政府內多年來為成就海濱願景而盡心盡力的工作夥伴。

（原文寫在二零一五年五月,於二零二零年七月修訂。）

海濱穿梭

改善維港水質 推動親水文化

過去十六年間，在共建維港委員會和海濱事務委員會的推動下，一段段的海濱長廊和公園逐漸落成啟用，市民有機會走到海濱，近距離接觸維港，欣賞海港景致。不過，多了人走近海邊，便發現另一個問題：「海水有異味，怎麼辦？」

自上世紀九十年代起，政府實行「淨化海港計劃」。透過收集維港兩岸的海水，輸送到昂船洲污水處理廠集中處理及排放，以減少維港海水污染，長遠改善維港水質。當第二期甲工程在二零一五年啟用後，整項「淨化海港計劃」就能處理維港兩岸產生的所有污水，每天處理量高達二百四十萬立方米。

多年前，有團體曾建議在啟德明渠打造成一條符合國際標準的水道，並擬在旁邊的土地用作水上活動中心。賽道可供舉辦國際級的水上活動，例如獨木舟、划艇、龍舟、懸繩滑水和花式滑水等賽事。在沒有比賽期間，可開放給一般市民使用。

還記得，當時建議獲得負責規劃的城規會和負責康樂事務的民政事務局支持。不過，環保署就認為水質不及格，未能適合作水上活動。因此，要實踐計劃實在舉步維艱。

在維港內搞水上活動，還要過海事處一關。海事處在維港的主要工作，就是確保港口運作和水域的航道安全。

筆者一直認為，要海濱朝氣蓬勃，多元化和富吸引力，除了岸上的規劃外，水體的規劃也非常重要。可惜，維港水面是沒有規劃圖的。城規會，亦只能負責陸地上的規劃。

■ 新加坡河濱採用階梯式設計，容許遊人拾級而下直達水面。

　　因此，一個維港，規劃署管海濱土地規劃，康文署管公園和康樂設施，海事署管航道安全，環保署管水質。以上部門又分別隸屬發展局、民政事務局、運輸及房屋局和環境局四大範疇。要成就推動親水文化的願景，便有賴各局互相協調，不能各自為政。負責統籌的官員，少點魄力也不行。

　　另一方面，要推動親水文化，除了改善水質和妥善規劃，海濱的設計亦非常重要。要親水？怎樣親？可以讓市民赤腳接觸水面嗎？海濱可以沒有欄杆嗎？

　　事實是，世界上不少受歡迎的海濱景點，都不像香港的圍欄處處。例如在新加坡河兩岸的駁船碼頭和克拉碼頭，為了讓遊人可以近距離與河流接觸，部份河岸設計成

■ 灣仔前貨物裝卸區的水體，可以舉行龍舟競賽等水上運動。

梯級狀，遊人可隨意拾級而下直達水面。在北歐的奧斯陸、哥本哈根和斯德哥爾摩等城市，大部份海濱地區都有相類的梯級設計，遊人既可三五成群坐在梯級上談天說地喝啤酒看風景。喜歡的話，赤着足走進水裏，也沒有人制止。

不禁慨嘆，在這個為怕生意外連屋邨池水也要抽乾的香港，又可以有怎樣的親水文化呢？

（原文寫於二零一五年二月，於二零二零年七月修訂。）

看雲飄，賞日落——讓海濱說故事

巨型充氣雕塑 Companion 來了又走了。穿着一身灰白，身長三十七米的 Companion，二零一九年三月來香港度假，悠閒地躺臥在維港中心，吸引了大批市民和遊客前來海濱欣賞並打卡留念。

Companion 由美國藝術家 KAWS 創作，作者解釋：「香港是個非常繁忙、節奏急速的城市，雕塑以躺臥姿態出現，是希望大家可以放鬆心情。」當時是趁着藝術月來香港展出，與同期在中環新海濱舉行的 Art Central，令海濱充滿着藝術氣息，為維港帶來一番新景象。

不少人把交叉眼睛的 Companion 與比他早六年游到維港的黃鴨子比較，認為他不及黃鴨子可愛，更有人譏笑他像一具浮屍。事實是，KAWS 的作品享譽國際，且深受時尚年輕人歡迎，那次來港更令他們特意前來中環海濱「朝聖」。筆者認為，市民各有喜好實在是理所當然，不同風格的藝術作品亦可擴闊市民的眼界。

這邊廂，巨型雕塑漂浮維港仰望天空浮雲，令中區海濱熱鬧非常；另一邊廂，一對針織小王子和小公主卻靜靜地坐在西區海濱欄杆上觀賞夕陽美景。西區海濱欄杆上有不少成雙成對的針織公仔。與巨人 Companion 相比，只有手掌大小的針織公仔就像小巫見大巫。但在這社交媒體蓬勃的年代，有話題 (talking point) 就有吸引力；而且兩者在手機鏡頭下同樣吸睛。消息在網上及社交媒體傳出，又吸引了不少愛好者前來探訪。

創作這些針織公仔的作者「手作狂之家」(La Belle Epoque，香港一家針織塗鴉工作室，由 Billie 和 Mary 兩個女生創立) 說：「西環海濱的美麗日落景致，令我們想

海濱穿梭

■ 著名藝術家 KAWS 在維港海濱擺放了巨型充氣雕塑 Companion，吸引不少市民圍觀。（吳永順水彩作品）

起法國名著《小王子》。小王子曾經看過四十四次日落。他看日落，因為寂寞。然而，西環落日景色如此美麗，要相約一起看。我們以繽紛毛冷創作不同的角色，安坐西環堅尼地城海濱欄杆上，約你一起來看青馬夕陽。」

　　針織公仔坐落的地點是港島西區已開放的卑路乍灣海濱長廊。長廊全長一百七十二米，現時已開放臨近海邊的第一期，圍板背後的第二期工程仍在進行中。雖然優化長廊工程還未全部完成，但我們仍希望把海濱盡快開放給市民享用。因此，這次工程是以「先駁通、再優化」的概念進行。先開放的長廊只有簡單的地板、欄杆、座椅和燈具，但由於長廊面向開揚的青馬大橋景觀，更可觀賞日落美景，本身已別具吸引力。發展局海港辦事處找來藝術家作經常變換的裝置，再通過社交媒體的宣傳，更增加了遊

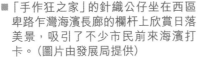
■「手作狂之家」的針織公仔坐在西區卑路乍灣海濱長廊的欄杆上欣賞日落美景,吸引了不少市民前來海濱打卡。(圖片由發展局提供)

■針織公仔由小娃娃變成大娃娃,在卑路乍灣海濱長廊第二期的大空地上享受日光浴。

人再次到訪的意欲。

　　至於卑路乍灣長廊的第二期工程,包括一個多功能休憩用地,遮蔭設施及公共洗手間,經已在二零二零年落成。除此之外,長廊上還將有一個由非政府組織管理的農圃。

　　長廊開放前夕,經營者「草圖文化」的團隊還向我們介紹了「堅農圃」(K-Farm)的設計概念。建築師設計了一個圓形的多層都市農場讓當區居民作有機耕種。團隊的農夫亦解釋水耕、漁菜共生及有機耕種的概念。日後市民和學生可以通過自由參觀、導賞團和農耕體驗等,認識和學習各種耕種系統和有關的環保設施。農圃建成後將會二十四小時開放給公眾使用。

　　海濱事務委員會一直致力推動維港海濱成為一個富吸引力和朝氣蓬勃的地方。我們發現,要海濱更多元化,單靠政府力量並不足夠,還需引入私人機構和民間組織的創意。海濱不應單是作為跑步、釣魚、溜狗和騎單車的休憩用地,更可以是欣賞藝術和學習的地方。海濱,也可以是推動本地設計、藝術、文化和環保生活的平台。多年來的工作和成果,已大大擴闊了我們對海濱的想像空間。

(原文寫在二零一九年四月,於二零二零年九月修訂。)

海濱穿梭

■ 星光大道入口處，放置了象徵香港電影業的香港電影金像獎雕
　像。（安泰攝影作品）

星光大道換新裝，為海濱添色彩

　　關閉三年，位處尖沙咀海濱的星光大道終於在二零一九年一月三十一日重新開放。市民和遊客在農曆新年觀賞煙花又有一個好去處。

　　筆者有幸先睹為快，出席了星光大道重新開幕典禮。

　　一直以來，海濱事務委員會秉持一個信念，就是打造更富吸引力，朝氣蓬勃、交通暢達和可持續發展的維港海濱，達到「還港於民」。星光大道的活化工程，引入了不少我們一直提倡的人性化和令遊人更舒適地享受海濱的設計。當中包括因應香港亞熱帶的氣候，將綠化和遮蔭較原設計分別增加八倍和七倍，而座位亦增加了兩倍。座位設計亦別具創意，建築師以環保木料造成不同設計的座椅，以迎合家庭、朋友和情侶的不同需要。另外，有如波浪形態的欄杆設計配上高低起伏的地面，既可減低對景觀的遮擋，更可讓遊人更靠近岸邊。

　　以往，星光大道的明星掌印置於地面，遊客接觸掌印時需要俯身彎腰，或蹲在地上，動作有欠優雅，也構成不便。今天所見，過百掌印重新製作，並改為放在欄杆上，方便遊客觸碰之餘，更可以讓人以海港作背景拍照，誠然一大進步。筆者認為，大道上許多設施在設計上從使用者

■ 星光大道長廊上有不同設計的座椅（安泰攝影作品）

（而非從管理者）角度出發，這種以民為本的信念和想法，是未來維港新海濱長廊設計時值得參考的。

　　新星光大道的設計，在維港七十三公里海濱中別樹一格。以香港電影元素作為主題固然令星光大道與眾不同，但除此之外，不論是利用攀爬植物形成大樹遮蔭效果的環保涼亭，又或是沿途上由中小企營運的小食亭和流動銷售車，售賣充滿本土風味的懷舊樽裝汽水、星星雪條和特製花茶，還有推動香港旅遊的手工藝品，都是我們期望可以在維港海濱出現的特色。

　　海濱事務委員會一直認為，維港有這麼長的海濱，不應採用單一設計，或者單純是一條作為散步和跑步的步道。相反，海濱長廊要多元化，應以不同的設計特色和活動，將不同的社群帶到海濱，才能達到富吸引力和朝氣蓬勃的目標。

　　尖沙咀至紅磡一段長四公里的海濱，可說是香港最多元而獨特的海濱

■ 星光大道長廊的遮蔭設施和座椅（安泰攝影作品）

■ 欄杆上的電影明星手印（安泰攝影作品）

海濱穿梭

■ 星光大道長廊上放置了不同的電影明星銅像，還有卡通片的主角。（安泰攝影作品）

■ 星光大道長廊上的李小龍銅像（安泰攝影作品）

之一。這裏有郵輪停泊設施、歷史悠久的渡海小輪、大型室內外表演場地、太空館和香港藝術館，亦有較靜態的休憩空間；當然更少不了遼闊的海濱景致。星光大道的活化，可說是帶動這一段海濱成為世界級海濱的重要一環。

委員會多年來一直倡議，在海濱發展和管理方面，更廣泛採用公私合營模式。事實上，世界上不少出色的海濱，都是採取這種模式。他們善用私營機構的創意和專業知識，獲得更具創意的設計方案，和引進更能持續發展和更靈活的管理。不過，香港經過十多年的討論，公私營合作仍有待普及，社會上仍存在不少疑慮。星光大道重建本身，亦跌跌撞撞經過不少風浪。

因此，筆者深切期盼星光大道可以承擔一個更大的社會責任，就是為未來香港公私營合作海濱發展立下穩固的基礎；把握設計上取得成功的機遇，持之以恆並妥善地營運，為市民和旅客提供免費開放並充滿樂趣的公共空間，真正做到「人人可享」。我們亦期望規劃中的公眾登岸台階能早日興建，加強水陸聯繫。從實踐讓公眾理解，適當的公私合營不只可達成，甚至能超越傳統政府工程所帶來的社會效益，為未來更多元優質的海濱管理模式提供寶貴的經驗。

（原文寫在二零一九年一月，於二零二零年七月修訂。）

你們的笑臉 我們的動力

屈指一算，筆者參與維港海濱的工作已十六年了。

十六年來，我們朝着目標，把維港兩岸海濱逐漸改造成為朝氣蓬勃、富吸引力、交通暢達和可持續發展的地方。十六年來，就像愚公移山，也像砌拼圖，做得一段得一段。結果，不同地區長廊逐段落成，本來斷斷續續的地段也連成一線。「維港海濱全長七十三公里，現時已駁通了二十四公里。我們預計在二零二八年前共駁通三十四公里。」筆者每次遇上媒體訪問，都會這樣說。

海濱的公共空間，大部份都以「康文署管公園」的模式管理，不但諸多限制，設計也較規範化。兒童遊玩設施設在指定地方；座椅都是固定的，不論人多人少都只可以排排坐。不少市民希望當局管理方式能較寬鬆，讓市民可以自由自在地享用海濱。

卑路乍灣海濱長廊，是我們近期的一個實驗項目。採用了「先駁通、再優化」的策略，第一期沿海長廊已在二零一九年四月開放；第二期的大空地，也在二零二零年十月啟用。

長廊開放後的一個假日下午，筆者獨個兒到這段海濱，在鐵架旁邊找個木箱當椅子坐下來，細察市民享用長廊的情況。老實說，筆者近年遊走港九各區海濱，從來沒有聽到過這麼多的歡笑聲。這裏，令筆者有所啟發。

第二期開放的場地上設有公共洗手間和一座遮蔭亭，還有草地和一個寵物角。寵物角可讓狗狗們無須繫繩而自由奔跑。除了這些較為固定的設施外，其餘都是我們近年倡議的「期間限定」產物。設計師在大空地上做了幾座用鋼鐵和塑膠帶組合而成的涼亭，裏面放了一些混凝土磚

頭，市民可以在內自由穿梭和閒坐。空地上也佈滿了層層疊疊的卡板，有些還裝上小腳輪，讓使用者可任意移動。此外，還有十來張沙灘椅，其中兩張坐着兩個巨型針織娃娃；沙灘椅也是可移動的，市民可把它們搬到長廊內的不同地方並自由組合。

長廊上還設有造成桌子和椅子高度的木盒子，供遊人露天野餐之用。

潮流興打卡，我們在場地內設計了大量打卡位：除了鋼架內和沙灘椅上的巨型針織娃娃外，圍街板上還有一些有趣字句吸引途人，例如是「生日快樂」、「我們結婚吧」等。聽說那句「其實自己一個更開心」最受年輕單身人士歡迎。當然，黃昏時分的鹹蛋黃日落美景的受歡迎程度，更是不在話下。

眼前所見，這裏竟變成一個小朋友和大朋友的樂園。小孩子坐在卡板上向前行，也有助跑後再躺在卡板上滑行的。有人把沙灘椅放上卡板，然後像「點心車」般推動；也有和狗狗共享卡板的。又有一家四口的家庭，在卡板上放上兩張沙灘椅，一個茶几，有人坐在椅子上，有人在後面推，就像一個流動小客廳。

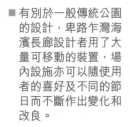

■ 有別於一般傳統公園的設計，卑路乍灣海濱長廊設計者用了大量可移動的裝置，場內設施亦可以隨使用者的喜好及不同的節日而不斷作出變化和改良。

■ 長廊上的沙灘椅和卡板可以任由使用者按喜好而隨意移動，讓市民發揮無窮的想像力。

■ 長廊採用與一般公園相對較為開放及寬鬆的管理，市民在此可以騎單車和遛狗，藉此鼓勵使用者互相包容。

　　市民利用場地上可移動的裝置，隨意組合，是預計之內。不過，把卡板變成玩樂設施，把沙灘椅合併卡板變成手推車，便屬筆者意料之外。忽然驚覺，這些簡單不過的設施，原來可以觸發無窮無盡的想像力，為一家大小帶來這麼多的歡樂。

　　長廊是二十四小時開放的。那個晚上，再來一趟，又是另一番景象。孩子們依然樂此不疲地用卡板作手推車；狗狗與主人們在長廊上散步和聚首傾談；有人在圍板上「生日快樂」字樣前面拍照；有市民圍坐桌椅一起吃披薩喝啤酒；有人把沙灘椅圍成一圈，一起談天看星星；也有一對朋友坐在鐵架上望海傾心事。

　　有幾位朋友把他們與家人訪卑路乍灣海濱遊玩的照片及影片片段放上社交媒體，有說孩子玩到捨不得走的，有說孩子在玩沙灘椅手推車時認識了新朋友的，也有朋友給我留言說了句：「謝謝。」我回應說：「你們的笑臉，就是我們的動力。」

（原文寫於二零二零年十一月）

■ 農曆新年的「期間限定」可轉動的攢盒裝置，讓大小朋友開心盡興。

■ 長廊開幕時剛好遇上萬聖節，鐵架上放置了兩個巨型針織娃娃和萬聖節裝飾，吸引不少市民打卡留念。

海濱穿梭

5.5公里長海濱，連接西區至灣仔

把維港海濱連接成連綿不絕的海濱長廊，一直是我們的願景。二零二零年，我們再把全港最長的一段海濱長廊由 4.5 公里進一步延長至 5.5 公里。

二零年底至二一年初，我們先後開放了灣仔北水上運動主題區海濱長廊西段和灣仔碼頭一帶的海濱長廊。市民從此可以由石塘咀西區副食品批發市場，沿海濱跑步至灣仔前公眾貨物裝卸區；一邊做運動，一邊欣賞維港的美麗景致。

灣仔北近年一直進行大型基建工程，海濱被地盤佔據，市民難以走近。為了讓大眾可盡快享用海濱，海港辦事處致力與相關部門協調，希望於有關工程全面完成並釋放用地前，盡量和盡快減少工地範圍，並以「先駁通、再優化」的理念，透過基本的平整工程、園境美化及「期間限定」裝置，讓海濱長廊提早開放。此舉可讓市民及早享用海濱之餘，也有助我們收集用家實地體驗的意見，以有機和互動的方式，讓海濱空間能因應用家需要而不斷「進化」。

灣仔北水上運動主題區，前身是個貨物裝卸區，在二零零七至二零一零年間曾經闢作深受愛犬人士歡迎的臨時寵物公園。按一九年完成的「灣仔北及北角海濱城市設計研究」建議，該處的用地和水體可發展成一個水上運動及康樂主題區，讓市民可在維港內進行水上活動。長廊能夠提早開放，實在有賴土木工程拓展署全力支持我們的「先駁通、再優化」理念，在完成基建工程的平整階段「多走一步」，把用地美化，以便於釋放工地後可以立即開放，而無須圍封再等其他部門做美化。而且，土木工程拓展署

僅用了七個月便完成工程，實在令人
喜出望外。

　　為了方便逐步引進水上運動，
這段長廊設有多功能活動場地，沿
海的部份欄杆亦可在進行水上運動
時拆卸以方便船隻上落，而兩組登
岸設施亦會同時啟用。另外，海港
辦事處更特別找來本地插畫師麥雅
端，為新長廊設計了一系列以其品牌
Chocolate Rain 為題的卡通創作和指
示牌，以增添長廊色彩，豐富遊人
體驗。到了晚上，長廊的地上更會
出現不時更新的燈光投影效果，與
維港夜色相映成趣。

　　另外，在海港辦事處、土木工程
拓展署及建築署的努力下，在灣仔碼
頭一帶的海濱亦已貫通。有別於水上
運動主題區的可愛風格，碼頭畔的海
濱卻充滿文青氣色。建築師以簡潔的
清水混凝土和木系構築物為主調，利
用強而有力的線條、方正的佈局和沉
實的用色，為用地創造出別樹一幟的
風格，頗有日本建築大師安藤忠雄的
影子。建築物強烈的光影對比與溫柔
的維港景致及天色相映成趣，貫徹了
維港海濱「段段有特色」的發展方向。

　　設計者在這段長廊引入相框和
霓虹燈裝飾概念，為市民提供了大量
「打卡位」。遊人到這裏，不但可以
與靠岸的天星小輪和對岸的尖沙咀拍
照，或者在寫上灣仔舊區街道名稱的

■ 昔日的灣仔貨物裝卸區，現已改造成
　二十四小時開放的海濱長廊供市民享用。

■ 長廊上佈滿了超過一百幅 Chocolate
　Rain 畫作，有在欄杆上的，有在地面上
　的，也有在圍板上的。

海濱穿梭

維多利亞港

■ 長廊的欄杆特別為配
合水上活動而設計，
可以隨時拆卸以方便
上落船隻。

特色光管招牌前打個卡，更可以在多個寬闊的有蓋空間作
多元化活動。走到欄杆旁邊，又可回顧一下灣仔過去各期
填海工程——設計團隊特意以霓虹燈配合地圖展示，介紹
百多年來灣仔從皇后大道東一帶一直向北延伸逾一公里的
海岸線變遷。

　　長廊亦種植了大量樹木以提供綠化和遮蔭，地面上更
設置鵝卵石小徑和大量不同設計的桌椅，讓市民可悠閒自
得地享受海濱空間。不少市民關注海濱可否放狗狗？這段
長廊屬於寵物友善場地，非常歡迎繫上牽繩的寵物入場耍
樂。下一階段（第三期）落成的部份更包括一個可讓寵物
隨意奔馳的寵物公園。

　　此外，灣仔碼頭畔主題區開通時設置了一條「期間限
定」的「粉紅通道」，除了接通東面的「水上活動主題區」
外，並可與鄰近工程作出區隔。這條美麗的通道讓遊人更
易辨識路徑，同時增添不少遊玩樂趣。

　　不論你喜歡「可愛版」還是「文青版」，要悠閒還是要
活潑。今天的維港海濱，段段有特色，不再一式一樣，你
總會找到你的所愛。

（原文寫在二零二一年四月，於二零二一年五月修訂。）

■ 長廊的末端還設置了巨型充氣公仔，供市民打卡留念。

■ 「粉紅通道」把水上活動主題區和灣仔碼頭畔的海濱連接起來。

■ 從長廊上的有蓋活動空間望向維港，有如把對岸的高樓景致及前方的海濱遊人盡收於畫框之內。

■ 場地內放置了大量霓虹裝置並寫上灣仔舊區的街道名稱，吸引不少遊人前來「打卡」。

■ 灣仔碼頭畔海濱長廊以強而有力的線條和方正的佈局，創造出別樹一幟的風格。

啟德發展區再增三百米長海濱

　　復活節假期的最後一天，筆者前往位處啟德區香港兒童醫院附近一段於月前開放的海濱長廊。

　　因為疫情關係，這長廊在二零二零年底工程完成後雖然開放給市民，但當局並沒有大事宣傳，媒體亦未見有報道。而且長廊地點的交通不算方便，附近也沒有甚麼住宅，我以為人流不會多；出乎意料地，這裏在假日卻人潮如鯽，不少家長帶同小孩來遊玩「放電」，也有跑步者路經此地。原來遊人是透過社交媒體的親子網頁而得悉長廊已經開放，一時蜂擁而至，看來這段長廊甚受一家大小歡迎。

　　既然長廊位於兒童醫院前方的海濱，建築署的建築師便刻意把它打造成一個兒童遊樂場地。全長三百三十米，面積約六千七百平方米的長廊，對岸是前啟德機場跑道，中間隔着啟德明渠。當中設有大草坪、遮蔭亭、洗手間和育嬰室等基本設施，還種滿了樹木。最具特色的是，建築師以「航空和飛行」作為設計概念，為長廊添置了幾座設計獨特的裝置及遊樂設施。入口處便發現一個舊式螺旋槳，旁邊還種滿了芒草，開放後隨即成為極受歡迎的打卡景點。

　　另外，兒童遊樂設施亦設計新穎，非常吸引。最矚目的自然是那座彩藍色火箭造型三米高的旋轉滑梯。只見孩童們歡天喜地的玩樂其中，家長則忙於為他們拍照。旁邊還有全新版本的盪鞦韆和團團轉（轉椅），令筆者不禁勾起兒時到公園玩樂的回憶。值得一提的是，旋轉滑梯旁邊竟然出現排隊人龍，可見其受歡迎程度。重點是，這些設施媲美主題公園的好玩程度，而且是免費入場。

香港大部份的海濱長廊，步行徑都設置在岸邊。在這裏，建築師破天荒地設計了一道蜿蜒曲折的路徑，將草坪貼近海岸，以玻璃作欄杆，方便市民坐臥草地上而全無遮擋地看海。這一天，草地上架上了幾個帳篷，遊人席地而坐，享受着春日陽光。

長廊上還設置了一座鮮黃色外形如摺紙飛機般的遮蔭亭，這作為海濱的地標之餘，更成為遊人另一打卡景點。

長廊的盡頭處旁邊是連接啟德機場跑道的一道橋，跑步者可由此橫過啟德明渠前往對岸。建築師亦在這裏因應地勢的高低差異而造了一個梯級式的台階，好讓遊人閒坐歇息，在不同的高度享受維港景致。

走在這段長廊，想起了一段往事。當年兒童醫院要興建，醫管局團隊向海濱事務委員會介紹醫院的設計——兒童醫院由兩座建築物組成，中間是個花園，與海濱長廊連接，成為一個整體的城市綠化空間。海濱事務委員

■ 全長三百三十米的海濱長廊位處啟德香港兒童醫院前方

海濱穿梭

■ 建築師把大草坪貼近岸邊，欄杆以玻璃建造，方便市民坐臥在草地上欣賞海景。

■ 場內設有一座摺紙飛機形狀的遮蔭亭，成為長廊的地標。

■ 長廊上高三米的火箭造型滑梯，吸引市民一家大小前來玩樂。

■ 在長廊的末端，建築師因應地勢高低差異造了一組梯級式座椅，遊人可以在此閒坐歇息和在不同高度欣賞海景。

會按二零零五年訂立的《海濱規劃原則》，為了增強海濱的可達性，希望醫院把花園開放給公眾，方便市民進出海濱。但醫院園林和海濱長廊隸屬不同部門管理，而局方亦對於管理問題感到困難，更向委員表示擔心可能易造成病毒感染。委員會當然不服，決意堅守《規劃原則》，認為「海濱必須交通暢達，（應）把維港海旁與離海旁較遠的地區整體地聯繫起來」。

最終，雙方達成共識，院方在中央園林旁邊開放了一條通道，讓公眾人士穿過醫院範圍進出海濱。到了今天，兒童醫院和長廊先後落成。筆者在這條通道上來回走了幾趟，深信要成就海濱願景，必須有各部門和機構的協作才能成事，亦感謝醫院管理局對成就海濱願景的付出。

到了黃昏，夕陽把海濱長廊映照成一片金黃。筆者坐在草地上，眺望維港的日落美景，背後傳來孩童的歡笑聲，深感這十多年來團隊勉力落實維港願景所付出的心血，實在值得。

（原文寫於二零二一年四月）

以創新理念活化荃灣海濱

　　二零二一年四月，荃灣海濱長廊優化工程完成，市民又多一處看海的地方。

　　全長七百米的海濱路段，位處荃灣海安道對面，離港鐵荃灣西站只有五分鐘路程。這段海濱本來是一段行人路。二零一七年初，政府撥款五億元用作優化海濱，「荃灣海濱優化工程第一期」便是當中四個項目之一。（二零一九年財政預算案再撥款六十億元，再增加九個項目，當中更包括了「荃灣海濱優化工程第二期」。）

　　這個項目，政府做了一些海濱事務委員會倡議的新嘗試，希望打破傳統公園的設計和管理模式，為前往海濱休憩的市民帶來不一樣的體驗。

　　香港的海濱長廊，大部份由康文署以公園模式管理，考慮到安全和責任問題，一直以來水陸之間都被欄杆阻隔。但反觀世界各地著名的海濱城市，海濱沒欄杆，又或採用梯級式海堤，好讓遊人坐在海旁都可全無遮擋地欣賞海景，甚至走近水體。我們一直尋找機會，希望在維港兩岸適當地方可測試「無欄杆設計」以增加親水性。荃灣海濱海堤部份屬斜坡式，而且平時也有不少市民在海旁的石頭上閒坐或釣魚，相對垂直式的海堤較為安全。因此，筆者認為，這裏應是作為測試市民對「無欄杆設計」接受程度的適當地點。

　　荃灣海濱由建築署負責設計，是首個優化海濱專項撥款下引入無欄杆式設計的項目。本來行人路與海邊以花槽分隔，如今花槽被拆除，海旁約三百七十米斜坡式海堤的路段換上座椅高度的低矮石壆，以拉近遊人和水體之間的距離。海堤旁連綿不絕的長石壆亦可用作座椅，讓市民隨

■ 荃灣海濱部份路段採用了無欄杆設計，以低矮石壆分隔海堤與長廊，海堤的石頭上還放置了「期間限定」的本地卡通人物「癲噹」美人魚像。

■ 筆者（右三）與海濱事務委員會成員在荃灣海濱長廊開放後前往視察。長廊入口處放置了大量癲噹造型，供遊人打卡留念。

意地坐在海邊觀賞藍巴勒海峽和青衣島的美麗風景。

　　走近海邊，海旁的石頭上竟然出現了一隻「貓貓美人魚」。細問之下，原來這隻貓貓叫「癲噹」，是著名的本地創作卡通人物。為了貫徹近年推動的「期間限定」理念，發展局海港辦事處與本地文創單位「貓室」打造了以「癲噹」為主角的「維港癲噹開心村」。海濱長廊頓時變成「癲噹」村莊，只見他們時而在空地聚首一堂輕鬆露營，時而化身成海濱圍欄上放飲品的桌子，又或變成低矮石壆上可移動的棋盤和餐桌。這些窩心趣致家具可以讓遊人更自在的享受海濱。

　　這是繼今年初 Chocolate Rain 進駐灣仔水上活動主題區後，再度有本地卡通人物出現於維港海濱。相信又必然會成為另一「打卡」熱點。

　　此外，為締造共融海濱，設計師首次與非政府組織 Beyond Vision Projects 合作，把不同造型的圖像轉化為「觸感圖」，讓視障人士透過指尖觸摸，感受荃灣海濱的活力和本地卡通創作的魅力。

■ 長廊轉角處設有大草坪供遊人閒坐　　■ 欄杆設計取材自荃灣昔日的紡織業歷史；船隻上落
　 歇息　　　　　　　　　　　　　　　　 客的地方變成了「海濱癲噹碼頭」。

　　海濱事務委員會自成立以來一直推動「公眾參與」，
深信通過公眾參與可讓成果獲得更大的認受性和持份者的
歸屬感。因此，荃灣海濱發展過程亦加入了社區參與的元
素。事實是，項目由荃灣地區人士倡議，二零一七年開始
籌劃；當時荃灣區議會與拓展公共空間合辦「荃灣海濱營
造計劃」活動，發展局亦參與其中。隨後海濱事務委員會
委員和區議員作多次實地視察和交流，再邀請了香港規劃
師學會的兩位年輕規劃師協助，為這段海濱訂立了以荃灣
昔日紡織業歷史為設計概念，更把這主題反映在長廊的扶
手欄杆座椅和遮蔭棚上，呼應了我們推動海濱「段段有特
色」的理念。

　　市民希望可以在海濱騎單車和溜狗狗。荃灣海濱由於
原本是行人路，屬路政署和運輸署管理，亦不受《遊樂場
地規例》規管。市民可以隨意帶同狗狗於此處同遊海濱。
至於單車，海濱長廊旁邊由土木工程拓展署負責興建的單
車徑亦快將完成。從此以後，在荃灣區，騎單車遊海濱已
不是夢。

（原文寫於二零二一年四月）

海濱穿梭

■ 長廊旁邊設有單車徑，市民從此可以騎着單車欣賞維港風景。

城市規劃

4

論盡「垂直都市」

香港陸地的總面積約為一千一百平方公里，但因為山多、平地少，可以作城市發展的土地只有少於 25%。根據政府資料，城建區的面積約為一百八十平方公里，人口密度是每平方公里三萬八千人。因此到處高廈林立，城市發展以高密度見稱，更成為舉世著名的「垂直都市」（Vertical City）。

香港向來都是世界上數一數二的高密度城市。殖民時代，聲稱「地少人多」，其實是實行高地價政策：城市以高密度規劃，樓宇向高空發展。香港的城市發展模式，向全世界反證了高密度等於貧窮、擠迫、不衛生和成為罪惡溫床等固有觀念。反之，高密度發展帶來的優點，更為低密度城市帶來啟發。二零零六年逝世的城市規劃專家珍·雅各 (Jane Jacobs) 在其所著的《美國大城市的死與生》*The Death and Life of Great American Cities* 便指出只有高密度的城市規劃才能構成有效的社區，才能保持活力，讓多元化的商業活動得以持續進行。

由於人口眾多，令地區充滿活力和多姿多采。市民的居住、上班、上學、社交、消閒和購物的地方都近在咫尺。街道上有種類繁多的商店，光是食店已是百花齊放，有酒樓、茶餐廳、快餐店、西餐廳、咖啡店、粥麵檔、小食檔、大牌檔、涼茶舖等。市民有多種選擇之餘，也豐富了街道的色彩。此情此境之形成，全賴人口密集帶來大量的消費者。若然沒有足夠的顧客光顧，這些店舖不虧本關門才怪。這便是高密度城市可貴之處。

「垂直都市」的發展，亦使運輸網絡和基建設施，如馬路、鐵路、水渠、電線等，更合乎經濟效益。居民對公

■「垂直都市」雖然為居民帶來不少方便,但愈見擠迫
的都市卻令空氣質素變差,對市民健康造成隱患。

■ 香港高廈林立,城市發展以高密度見
稱,更成為舉世著名的「垂直都市」
(Vertical City)。

城市規劃

■ 港島東區是全港發展密度最高的地區之一。居住環境所需的陽光、空氣和綠化，都只能在沒有建屋的地方才可找到。

共交通工具也有更多選擇，地鐵、巴士、小巴、的士、電車應有盡有，而且班次頻密，車費亦相對便宜。這些好處在以低密度發展的城市便難以做到。沒有密集人口的地區，地鐵會到才怪。外國不少鄉郊小鎮，火車一小時才有一班。

高密度的城市規劃，令本港超過四成本為難以發展的陸地成為郊野公園。土地免受城市化破壞，大量野生動植物品種得以保育，天然景觀亦可保存，也算是當年無心插柳的可持續發展策略。

「垂直都市」雖然為居民帶來不少方便，但愈見擠迫的都市卻令空氣質素變差，街道愈來愈窄，採光通風受阻，室外悶熱難耐，地上寸草不生，行人環境惡劣，人車互相爭路。嚴重的甚至影響居民身心健康，生活壓力也愈來愈大，更成為建設和諧社會的一大隱憂。

那一天，筆者與幾個建築師相聚，暢論這「垂直都市」的面貌和特色。

「城市發展好比到紅館看演唱會。本來一眾觀眾面向舞台好端端的坐着，忽然前面幾排人統統站了起來，擋住了視線，結果無可避免地連山頂的人都要站得高高了。」愛搞舞台劇的 M 建築師說。

「城市發展像個沒有秩序的課室。本來矮的坐前排，高的坐後排，人人都看得見黑板。簡單道理，連小學生都懂。豈料有一天，前排坐位上擠滿了高個子，甚至連書桌間的走廊都堆滿了人。原本乖乖坐在後面的學生，豈不叫苦連天？」大學教授 B 建築師說。

屏風高樓包圍海邊，堵塞通風走廊，阻擋海風吹向內城，不但影響空氣流通，也阻礙樓宇景觀。城市發展的秩序，應由誰來制定？又由誰來監察？

城市發展地盡其用，地盤愈劃愈大，樓宇愈建愈密，街道變成高溫的廢氣場，綠化空間又愈來愈少，人都被迫躲進冷氣開放的室內去。「我們必須增加城市綠化空間。樹木在白天吸收二氧化碳，呼出氧氣，為城市製造氧氣。一個沒有樹木的城市，就像沒有肺的身體，終會窒息而死啊！」深信天人合一，人與大自然本是一體的 C 建築師說。

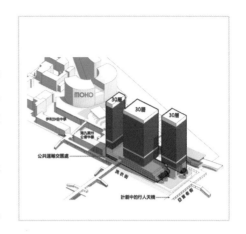

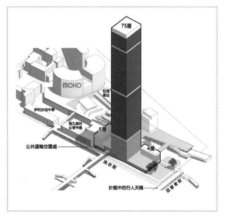

■ 旺角水務署重建，同一地積比率的不同方案比較，可見向垂直發展能夠為社區提供更多地面公共空間。

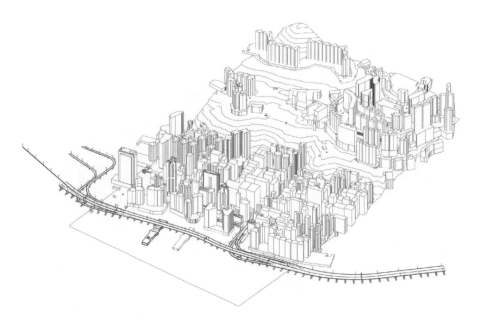

■ 北角海旁建築物按照海港規劃原則要求，以較低密度規劃及控制樓宇高度，以避免屏風樓充斥海旁，影響整體海濱景觀。

■ 狹窄街道兩旁本來的低矮樓宇重建後變成高樓，對街道的採光和通風造成負面影響，且增加了熱島效應。

香港的發展地盤有地積比率和覆蓋率的限制，卻沒有綠化率的要求。有建築師建議，每個建築地盤至少應以地盤面積的三成作綠化，以改善城市環境和空氣質素。

過去數十年，香港人口由上世紀六十年代的三百萬增至現在的逾七百五十萬。人口激增加上經濟起飛，令城市不斷發展。填海造地，砍伐樹木，拆矮樓建高樓無日無之。到了今天，隨着市民對生活質素和環境質素有更高的要求，超高密度發展的鐘擺彷彿已到了盡頭。

看來，是時候停一停，想一想：「我們要留給下一代一個怎樣的城市？」

（二零二零年七月修訂）

告別悲情的城市規劃

二零一零年，天水圍家庭悲劇接二連三地發生，引起社會熱議，矛頭直指天水圍規劃失誤。

本來，天水圍景色優美，環境並不差。這裏沒有市區的擠迫，居住空間更寬敞；沒有屏風樓，空氣質數也應較好。規劃於上世紀八十年代末的天水圍，以新理念規劃，小區以車路網絡連接，路面寬闊，解決人車爭路的問題。

天水圍的規劃問題，在於過份單一化。

此區的土地用途主要是住宅，八成以上是公屋，私樓只佔一成多，且全是由同一發展商發展。於是，天水圍的商場只有兩大業主：一是政府，一是大地產商。難怪居民都說天水圍賣的貨品價格比元朗還要貴。

這裏沒有地標式建築，沒有歷史文物，沒有集體回憶。不論是公屋還是私樓，全部是倒模式設計，連名稱也是大同小異；學校校舍也是倒模式的。一式一樣的屋邨被一式一樣的馬路分割，令天水圍變成一個沒有面孔、沒有性格的社區。還記得那足不出戶的婆婆說：「不敢外出，因為怕認不得路回家，天水圍處處同一模樣。」誰說建築師沒有責任？

天水圍沒有街，大馬路都是給車佔用。所以沒有街舖，沒有大牌檔，沒有市集，沒有小販。居民要逛街，只好到元朗去。

天水圍工作崗位不足，商業用地少於 1%。這裏沒有辦公室也沒有工廠，居民要打工便要到市區去。可惜地方偏遠，每天進出市區來回巴士車費動輒幾十元，賺到錢也不夠用。家務助理，誰請得起？因此，天水圍失業問題特別嚴重。貧窮、失業，又成為連串家庭暴力和青少年問題的誘因。

■ 天水圍一式一樣的城市面貌

　　天水圍欠缺經濟活動，要賺錢的人，沒錢走出天水圍。花得起錢的，又根本不會走進來。

　　深水埗居民比天水圍的還要窮，但舊區的鄰舍關係和社區網絡卻比這裏好得多。天水圍欠缺的，是「愛」。

　　社會問題不絕，又歸咎社區配套不足。天水圍沒有圖書館和家庭服務中心，運動場、游泳池和休憩公園又過於集中在天水圍南，而這些設施在公屋集中地的天水圍北卻全部欠奉。反而，最多的，是空置的多層停車場。居民連乘公車都沒錢，何來這麼多的私家車？又是規劃問題？

　　說句公道話，規劃署按《規劃標準與指引》規劃公共社區設施，照道理不存在設施短缺的情況。不過規劃是一回事，資源投放又是另一回事。天水圍北不是沒有公園

■ 以車為本的城市規劃，道路寬闊，街道文化欠奉。

和社區設施用地，只是有關部門因資源問題而沒有展開工程，又怕建成後要負擔營運開支。當日「八萬五」夢想幻滅，居屋變公屋，停車場也因此無人問津了。

為何不把停車場改建為社區設施？又要牽涉部門間的協調問題：停車場是房屋署管，社區設施卻屬康文署和社會福利署。

維港兩岸過百層的摩天甲級辦公樓拔地而起，東九龍有世界級郵輪碼頭，西九規劃成世界級文化設施加豪宅區。在太平盛世大興土木，把香港「打造」成甚麼「世界級城市」的一刻，卻原來這個城市已悄悄地分為「富香港」和「窮香港」的兩極了。

其實，天水圍出事的，又豈止規劃？城市規劃出事的，也不單在天水圍。

（原文寫在二零零七年，於二零二零年七月修訂。）

從「屏風樓」到「筷子樓」

■ 為了爭取海景，大型發展往往把住宅樓宇建得互相緊貼、一字排開，儼如一道屏風，「屏風樓」因而得名。

　　市民對城市發展愈來愈關注，不論是基建設施、新區發展或是舊區更新，環保組織和地區團體都積極表達意見。坊間更出現一大堆與樓宇建築或城市面貌有關的新詞彙，例如「發水樓」、「屏風樓」、「筷子樓」和「牙籤樓」等。

　　以上的名稱全部絕非專業詞彙，亦從來沒有科學化的定義。本文只是分享筆者個人對這些新興「潮語」的理解。

　　早已家喻戶曉遍佈港九新界的「屏風樓」，這名稱應是在本世紀初才出現。十多年來大型樓盤發展，為了賣個好價錢，戶戶向海爭取景觀，往往幾幢四五十層高的樓宇建得互相緊貼、一字排開，儼如一幅大屏風，「屏風樓」因此而得名。據民間組織「環保觸覺」（Green Sense）的調查所得，屏風樓的重災區，在西九龍，在將軍澳。還有一些鐵路上蓋項目例如南昌站，由於地盤既窄且長，限制了樓宇的佈局，也是造成屏風效應的另一原因。

　　住宅發展的地盤愈來愈大，建築密度又愈來愈高，再

■ 荃灣舊區重建把相連地段合併變成大地盤，新樓發展成屏風樓群，對市區空氣流通造成影響。

■ 港島跑馬地半山兩幢高挑的樓宇有如一雙巨型筷子，劃破山脊線，影響城市景觀。這促使城市規劃委員會往後在各區落實高度限制。

加上獲豁免的「發水」面積，大大增加了樓宇的體積，也增加了屏風樓出現的可能性了。

屏風樓愈建愈多，令附近居民不滿（住在屏風樓的可能例外）。後來政府採取措施，減少屏風樓的出現，例如降低海旁土地的建築密度，減低地盤面積和加設通風走廊等。不過，這些舉措都不能停止市民對城市發展的不滿聲音。

有人不滿物業附近有發展，就算是單幢樓，就算只有二十層高，都說它是屏風樓。有一回，某教會在細小地盤的一幢二十五層高的重建項目，竟遭鄰近的發展商以產生「屏風效應」的理由反對，令筆者大感驚訝：「豈能凡是建樓都視為屏風？」看來，「屏風樓」一詞，是用得濫了。

市民不愛「屏風樓」，也不愛「筷子樓」。

港島半山有兩幢六十層高的摩天豪宅，從山腰拔地而起，樓宇衝破山脊線，像一雙巨型筷子，「筷子樓」之

名便不脛而走。相對屏風樓,筷子樓對城市通風的負面影響較少。但一雙巨筷突兀地插在山上,與周邊環境格格不入,惹來不少批評。規劃署官員都看不過眼,從此便陸續在各區規劃圖上訂立高度管制,以免過高的樓宇影響了都市景觀。

那「牙籤樓」又是甚麼?

舊區本來由四五層高的舊唐樓組成,發展商收購了相連兩三幢唐樓,便可重建。但由於建築面積有限,建成的新樓都只有二十多層高,有小至一梯兩伙或一梯三伙的,城市設計師叫這些做 Pencil Building(鉛筆樓),又有人説這些幼小樓宇像牙籤,稱它們「牙籤樓」。

牙籤樓的缺點是,由於面積細小,每層樓面大部份被電梯和走火樓梯佔據,實用率不時低至只有五至六成。而且小地盤個別發展,難以有整體規劃,更不能騰出土地改善舊區公共空間不足的問題。因此政府的市區重建項目便鋭意把地盤合併,變成「綜合發展區」。地盤大了便好規劃,企圖藉此解決牙籤樓所產生的問題。不過,地盤愈大,出現屏風樓(或筷子樓)的機會也愈大。再者,大範圍的重建,一次過拆掉大批舊樓,又難免衍生了「拆散社區網絡」的問題。

相反,牙籤樓那「有機性的重建模式」(organic development)對社區網絡造成的破壞便相對較少。故此牙籤樓式的發展,也不是完全沒有好處。

城市要發展,舊區要更新,建新樓無可避免,市民表達訴求也是理所當然。不過,就別把不喜歡的發展,都扣上「屏風樓」的稱號,連單幢樓都説成是屏風樓了。

(原文寫在二零一零年年,於二零二零年七月修訂)

■ 佐敦道三號的住宅由一座單幢唐樓重建而成的窄長樓宇。

■ 當細小地盤各自獨立重建，面積有限，形成窄窄長長的樓宇，坊間稱之為「牙籤樓」。

「豪宅」的前世今生

　　香港住宅發展趨於「豪宅化」的現象引來社會關注。過去在發展西九文化區的諮詢會上，有人擔心文化區內的住宅物業會變成豪宅。二零零八至二零一零年在《市區重建策略檢討》的過程中，也有不少人認為市建局不應把舊樓都改建成豪宅，以免舊區居民買不起而被迫遷離原有社區。「去豪宅化」的訴求在民間此起彼落。

　　樓盤廣告都以「豪宅」作招徠，物業地點在哪裏都不再重要。管他在北角、西環、鴨脷洲還是土瓜灣、深水埗，賣的新樓都是「豪宅」。忽然間，豪宅區無處不在。

　　豪宅是甚麼？從來就沒有明確的定義。過去，豪宅區就是有錢人住的地方，例如港島的山頂、東半山、西半山、淺水灣、赤柱；九龍區的九龍塘、何文田；沙田的九肚山等。這些稱為「傳統豪宅區」(以前叫「高尚住宅區」)的特點，多是環境清幽或是背山面海，而且建築密度相對較低；景觀開揚之餘，空氣質素也較佳。單位面積一般是一千多呎到二千多呎，甚至更大。少於一千呎的單位，難以稱之為豪宅。

　　不過隨着城市發展，西半山已建得密密麻麻。從前的海景，都被前面的高樓大廈遮擋了。要看海景，便得住上高層。

　　到了近年，所謂「新晉豪宅」卻是另一回事。不再論地點，不再論建築密度，也不再論單位面積。打造豪宅，靠的是景觀；更重要的，是包裝。

　　發展商以高價投地，唯利是圖是硬道理。要賺到盡，便要以「最大面積」和「最高呎價」兩大原則為目標。

■ 九龍站的豪宅群，都以氣勢磅礴的名稱為樓盤命名。

要最大面積，怎能不「發水」？要最高呎價，便非「豪宅化」不可了。

　　每幅地皮都有地積比率的限制。要建最大面積，便要把可建面積「炒到盡」，可發水的面積也用到盡。於是管他環保不環保，管他大單位小單位，窗台露台工作平台統統都要建盡。住客會所佔總樓面面積 5% 的豁免，便一呎也不能少。

　　面積有限，空間無限；要賣貴一點，可以增加空間，方法是把樓層高度由三米增加到 3.5 米，高樓底令室內有更多貯物空間，而且放「碌架床」也不會「頂頭」。（不過豪宅又怎會放「碌架床」？）

　　為賺取最大利潤，新建樓宇要有最多海景單位，而樓層愈高，景觀愈好，呎價愈貴。要景觀不受障礙，便得高過前面的樓宇。大型樓盤要戶戶向海，要單位互不遮擋，

■ 為了爭取更遼闊的景觀，建築師把住宅單位用平台墊高。最底層的住宅單位，比相鄰的大廈還要高。

便要把樓宇作一字平排，變成屏風樓是在所難免了。如果還嫌不夠高，可以用商場、停車場、平台花園、住客會所和空中花園把住宅墊高。

除了間格和景觀，要把呎價推到更上一層樓，便要講究包裝，更要把頂層單位打造成特式戶型，例如相連單位或複式單位，變成獨一無二的天際獨立屋，好使賣個天價。

發展商掌握買家的虛榮心理，把樓盤都包裝成豪宅出售，目的固然是要賺取最高利潤。於是雲石大堂、水晶吊燈不可或缺，豪華會所要裝修得美輪美奐、金碧輝煌，好像皇宮一樣。好讓住在樓上五百呎蝸居的住客都有優越感，招呼朋友到設計得像六星級酒店一樣的會所也可炫耀一番。

豪宅命名非常重要。要「豪」，樓盤名稱也要有君臨天下氣勢磅礡的震撼力度。「帝」「皇」「宮」「殿」「傲」「御」「璽」，「富甲」「半山」「天下」「頂峰」等，都是為豪宅命名的常用字詞。中文名不夠，最好有個法國名。另外，叫「淺水灣」的，又何須一定要在淺水灣呢？

最後是廣告。目的是要令買家有夢想，例如出入樓盤有馬車接送，走進會所有俊男美女（還要是西方的）在水池暢泳，有莫扎特在彈奏鋼琴，窗外又可望見地中海……一時間腦海

■ 豪華會所設施成為了樓盤作招徠的賣點

內充盈着一幅豪華寫意生活的美麗圖畫。如是者，閉上眼睛，豪宅便無處不在，又豈只限於半山？

　　「豪宅化」已成趨勢。因此，管「發水」只能令樓宇體積降低，樓面面積減少，但不會令「豪宅化」的現象消失。增加細單位的供應，亦難以令呎價降低。西九文化區地點優越，坐擁維港景觀，不建豪宅未免暴殄天物。市區重建要「去豪宅化」，除非不夠拍發展商。

（原文寫於二零一零年，於二零二零年七月修訂。）

豈有不「賺到盡」之理？

　　某年聖誕，聖公會大主教在聖誕文告中勸喻香港商人千萬不要「算到盡、食到底」。天主教樞機主教亦曾批評地產商「賺到盡」。萬聖節，也有天主教神父的「魔鬼論」，指出建「發水樓」和剝削員工的商人，是魔鬼。

　　筆者對這些論說，產生了會心共鳴。香港貧富懸殊的情況日趨嚴重，經濟利益落在少數人身上，勞苦大眾沒法分享經濟成果，是不爭的事實。小本經營的地舖業主因重建而被迫結業，小店主因瘋狂加租而被趕出社區等情況亦比比皆是。坊間有否瀰漫着仇富情緒？社會安定有否受影響？大家心照不宣。

　　不過，在這金錢掛帥的社會，要商人不「賺到盡」，又似乎是天方夜譚。

　　建築師為發展商工作，首要任務就是把地盤可建的面積用盡，一寸都不能少。設計好壞、創意高低還是其次，用不盡法例容許的樓面面積（當然包括發水面積）就是死罪。在上世紀八十年代，曾有建築師未有把地積比率用盡，被發展商告上法庭，雖然結果是發展商敗訴，但經年累月的訴訟程序已令建築師身心俱疲，無法執業，最後還鬱鬱而終。故此，香港所有建築師在入行時都被老闆千叮萬囑這條「炒到盡」的戒律，不容有失。

　　看城市建築，不難發現物業發展「炒到盡」的狀況，數十年來一直存在。

　　上世紀六十年代，《建築物條例》內有一條《街影條例》，為保障街道的通風和採光，面向狹窄街道的地盤都不能建高。為了建盡面積，建築師便把高層作梯級式後退，形成了當年獨特的建築形態。這條條例，在八十

■ 在油麻地佐敦道於上世紀五十年代建成的八文樓，受當年《建築物條例》內的「街影條例」規範，要建最多的樓面面積，高層便要向內後退以確保街道上有足夠的日照，形成獨特的建築面貌。

年代中取消了。

　　另外，從前機場在市區，為保障飛機航道不受樓宇遮擋，鄰近機場的地區像尖沙咀，便有高度限制。要建盡樓面面積又要符合高限，樓層高度便做到最少以增加樓層數目，更有向地底發展以增加樓層。九十年代末機場搬遷，高度限制放寬，樓層高度便不減反加，令單位有更佳景觀，呎價又可以高一些。

　　到了本世紀出現的「屏風樓」、「發水樓」，也不用多說了。

　　因此在香港，「建築師炒到盡，發展商賺到盡」的思維，早已牢牢地刻在腦袋中。

　　發展商投地，價高者得，落價時必會把包括發水的可建面積計算在內。要補地價的項目也一樣，政府必定收足可建面積的地價。要發展商付了鈔但不用盡可建面積，不可能。而且賣樓價是市價，要發展商賣便宜一點，不賺盡，又難道要把剩餘的利益轉到炒家手上？要發展商建少一點，賣便宜一點，豈有此理？市民賣樓，又會肯賣便宜一些嗎？

■ 西九龍奧運站上蓋發
展，為興建最多的海景
單位去賣個好價錢，造
就了一字平排且相互緊
貼的佈局，形成海旁的
一道大屏風，影響了區
內的通風。

　　發展商旗下的管理層，不論是項目經理還是市場經
理，要「做好份工」，也要幫老闆賺到盡。「不賺盡，誰會
跟你説句『多謝』？只怪你失職。嚴重的，隨時飯碗不保
呀！」於是絞盡腦汁，面積建盡之餘，最好新界樓賣個九
龍塘呎價。

　　弔詭的是，過去政府的土地規劃思維，以錢為本，
又何嘗不是賺到盡？當金錢回報成為社會單一價值，賺
到盡，就是必然。幸好，今天社會意識到城市發展不能單
向錢看，不能單看地價收益而忽略其他重要價值。這些價
值，包括城市面貌，空氣質素，居住環境，保育歷史文化
和市民身心健康等。政府對城市發展的思維亦有改變，如
增加綠化地帶，降低發展密度，收緊「發水」豁免等，都
屬恰當的舉措。

　　要發展商不建到盡，很難。可以做的就是政府訂出甚
麼是社會可以接受的「盡」。

　　要營商者不賺到盡，除非賺錢不是唯一價值。但其他
的價值又是甚麼呢？

（原文寫在二零一一年，於二零二零年七月修訂。）

愈住愈貴 愈住愈細

　　住屋問題一直是困擾香港人的課題。樓價高企，有人買不起樓，有人屈居劏房，有人連劏房也住不起。公共房屋供不應求，輪候時間愈來愈長，也是不爭的事實。（截至二零二零年十二月底，公屋平均輪候時間為 5.7 年。）

　　私人樓宇單位愈來愈細，亦成為近年社會討論焦點。

　　近年愈來愈多實用面積少於二百呎的蚊型單位推出市場，皆因住宅呎價高昂，為了令整體樓價可負擔，細單位便應運而生。不過，百多呎的細小單位，樓價動輒也要三四百萬。

　　細小單位成為城中熱話，除了面積外，單位設施和設計亦觸動不少人的神經。

　　從前，一間住屋，有客飯廳、睡房、廚房及廁所，是基本間格。廁所要有「三件頭」，即坐廁、洗手盆和浴缸或花灑，這也是普通常識。但由於單位面積「趨細」，「一房沒廳」和開放式廚房已成「例牌」。到了今天，「奇則」出現：廁所竟然沒有洗手盆，坐廁和淋浴間空間共用；如廁後要洗手便要到外邊用洗手盆，還要在煮食地方旁邊。這種安排，令大眾頓感嘩然。

　　還有，有些實用面積只有一百六十呎的單位，一房沒廳沒廚房，這還可理解。但為甚麼還包括一個二十呎的環保露台？

　　常言道：「不同年代的建築，反映當時社會的狀況與價值觀。」香港的住宅也是一樣。筆者於上世紀八十年代出道以來，也曾參與不少住宅樓盤設計，有私營的也有公營的。上一世紀，業界一直不斷改善多層住宅的單位設計。前輩說「眼鏡房」不好，廚廁睡房門連大門對着客

廳，叫「五門歸心」，難以擺放家具。從十字形變成鑽石形，就是為了改善單位互相對望的缺點。後來發現鑽石形廳放家俬不理想，又把三角位放進客房或改成貯物間。這些設計進程，主要是從用家角度出發，設計出適切的單位佈局，方便住客放置家具，改善室內居住環境。一般情況下，建築面積四百呎的單位，已是最小的了。

到了本世紀初始，政府為了鼓勵環保，屋宇署豁免環保露台、工作平台、加闊走廊等設施計入建築面積。這些不用計數（面積）但可賣錢的設施當然大受發展商歡迎，紛紛把該等設施加進樓盤，以賺取最大利益。由於當年賣樓以建築面積計，單位以外的設施面積，例如大堂、走廊、會所等，亦可計入樓價，發展商亦不介意單位外設施的面積寬鬆一點。

到了二零一一年，政府為了監控「發水樓」，把豁免面積上限訂於 10%，並把窗台限制於凸出外牆一百毫米內（以前是五百毫米），而露台和工作平台只能獲得一半的面積豁免。再者，二零一三年更立例訂明賣樓只能用實用面積作為唯一的計算標準。這些措施又令住宅平面圖則產生明顯的改變。

以實用面積計算樓價，要賺取最大利益，樓盤便要有最高的實用率。此後，便出現了實用率高達九成的樓盤。另一方面，由於細小單位流行（細單位的呎價隨時比大單位還要高），要增加實用率，便要讓更多單位攤分升降機、走火梯和走廊等公用設施。故此，一層三十伙的私樓便應運而生。由於窗台只獲一百毫米豁免，新樓盤不再是「粟米樓」，但改用玻璃幕牆，因為玻璃幕牆可獲二百毫米豁免。

由此可見，遊戲規則改了，發展策略隨之改變。唯一沒改的，就是「賺到盡」的思維。

（原文寫在二零一六年，於二零二零年七月修訂。）

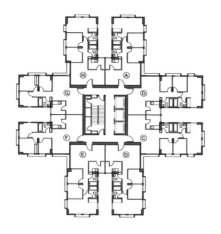

■ 十字形、一梯八伙的住宅平面，在上世紀六十年代率先出現。

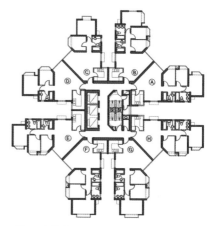

■ 鑽石形住宅平面圖，這種住宅形態在上世紀八十年代出現，改善了十字形平面相鄰單位客飯廳對望的情況，但家具擺放並不理想。

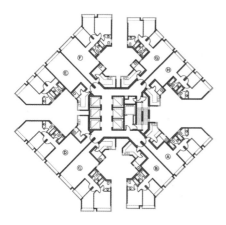

■ 到上世紀九十年代，改良版鑽石形住宅平面面世，建築師把不規則形狀放到睡房，令客飯廳保持方正，以便擺放家具。

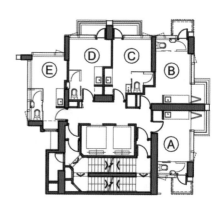

■ 本世紀一零年代盛行的「納米樓」，住宅單位實用面積都在二百平方呎以下。

城市規劃

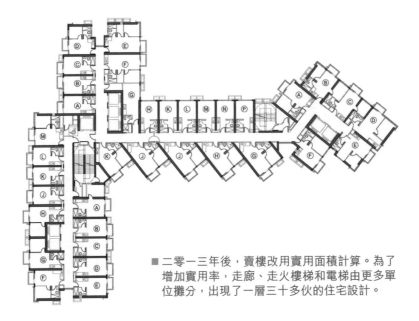

■ 二零一三年後，賣樓改用實用面積計算。為了增加實用率，走廊、走火樓梯和電梯由更多單位攤分，出現了一層三十多伙的住宅設計。

平台

露台

實用面積
163平方呎
(包括22平方呎露台)

浴室

開放式
廚房

■ 面積只有一百六十三平方呎的納米樓單位，只能擺放小量家具。

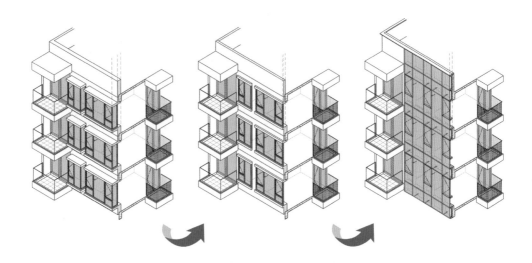

■ 隨着法例的改變，住宅的外立面亦產生了變化。自二零一一年起，可豁免計入樓面面積的窗台由五百毫米減少至一百毫米，但玻璃幕牆仍可豁免二百毫米。因此近年落成的住宅樓宇都採用玻璃幕牆作外牆。

公共空間，展現城市活力

■ 威尼斯聖馬可廣場，是城市中的一個主要公共空間。

　　二零一一年，發展局就私人發展項目內的公眾休憩空間的設計和管理曾發出了新指引。

　　市民對公共空間的關注，源於二零零八年的「時代廣場事件」。當年發展商把發展項目內原屬公眾使用的地面休憩用地出租作商業用途，賺取額外利潤，惹來「公地私用」的質疑。更甚的是市民在該空間不論停留、閒坐、吃飯盒、綁鞋帶或拍照片，竟然都被保安員驅趕，令市民以為闖進了私人空間，又引起社會對公共空間過份管理的批評。

　　另外，又出現了一直讓住客私人享用的屋苑平台花園，竟然是公共休憩用地的荒誕事件。「私家」花園要與公眾共用，令一眾小業主怨聲載道，更有被騙之感。

　　一時間，哪些地方屬私人空間？哪些是公共空間？市民無從稽考。幸好當時發展局在短時間內把全港位處私人

■ 布拉格舊城廣場，可以容許不同的活動進行。

發展項目內的公共空間在網上公佈，讓市民知悉並共同監察。情況亦得以改善。

　　反觀今天的時代廣場自由多了，地面公共空間增加了座椅，不時有非商業性的展覽，也有吸引遊人的街頭表演，商場內外還不是人潮如鯽嗎？昔日的過份管理，其實沒有必要吧。

　　當年的指引列出了廣場、庭院、小型休憩用地、公眾綠化空間和長廊等各類型空間的設計要求，包括空間面積和長闊比例的建議。大原則是公共空間必須臨近街道，清晰易見，讓市民容易到達。在空間管理方面，指引亦訂出甚麼是經常容許而無須申請的活動(例如休閒活動、靜態活動、散步、舒展運動、短暫逗留等)；甚麼活動要申請(例如節日活動、非商業或慈善的短期展覽、戶外表演等)。

■香港舊區的街道，其
實也充滿本地色彩與
活力。

　　值得留意的是，發展局建議在私人項目的公共空間
內，有一成面積可用作商業活動。這些商業活動，包括露
天茶座、小食亭、書報攤和商業展覽等。不過業主須先向
地政總署申請並繳付豁免費用。政府在審批時亦會考慮區
議會的意見。

　　有人質疑，指引又一再給大財團賺錢的機會，又是否
把「公地私用」合理化？現今社會仇富仇商，有關評論可
以理解。

　　不過，社會對公共空間的用途也有不同的意見。過去
很多年來，在有關海濱規劃的公眾參與活動中，市民都期
望在公共休憩用地有更多的露天茶座、大牌檔、小食亭，
讓遊人一面在路邊喝咖啡享美食，一面欣賞海景。事實
上，要令公共空間朝氣蓬勃，富吸引力，土地用途和活動
便要多元化。

世界各地的城市，多元活潑的公共空間比比皆是。像威尼斯的聖馬可廣場、布拉格的舊城廣場、新加坡的駁船碼頭和克拉碼頭，還有悉尼港的海濱區。這些廣場和長廊等著名的公共空間佈滿露天食肆。願意消費的遊人可以光顧餐廳，其他人又可不費分毫地在此公共空間閒逛，欣賞音樂會或是街頭表演，甚至寫生作畫。遊人各適其適，互不干擾。既沒有保安員的驅趕，更沒人眼紅誰賺多了。

回到香港，灣仔太原街交加街、中環嘉咸街結志街、深水埗鴨寮街和旺角西洋菜街等露天市集，其誘人之處，在於民間的商業活動與街道共融。街道作為公共空間，展現地區文化，增添了城市活力。可惜這些街道文化，因為市區重建而逐漸消失。

筆者認為，適當的商業活動可以令公共空間更添活力，在私人發展項目中容許一成面積作商業用途，相對其他城市的標準也不算多。當年新指引的舉措，算是在公眾休憩用途和增加地區活力之間找着平衡了。

（原文寫在二零一一年一月，於二零二零年七月修訂。）

■ 深水埗街道上仍有不少小販攤檔，不但豐富行人體驗，更重要的是維持了升斗市民的生計。

商場──消費為本的公共空間

　　城市發展，商場愈建愈多；市區重建，商場又取代了街道；新市鎮，像將軍澳，像馬鞍山，商場一個連一個。逛商場，早已成為不少香港人生活的一部份。

　　商場的聖誕節也來得特別早。為甚麼？當然是吸引市民消費購物。

　　顧客消費愈高，商戶生意提升，發展商的租金收入便愈可觀，商場的設計，就是以消費為本，重點就是吸引人流。因此商場從以往單是購物的地方，逐漸演變成為聚腳點，成為目的地。今天的商場，變成一個有溜冰場，有電影院，甚至有機動遊戲的吃喝玩樂地方。商場也要不斷搞新意作招徠，例如歌星表演、展覽、除夕倒數等活動，目的就是維持顧客對商場的新鮮感。

　　商場的設計，一般都少不了一個或以上的大型中庭（atrium）作為商場的核心，讓節日推廣、展覽表演等活動，可以在這高樓底且貫通各層的空間內進行。這些中庭，一來是令商場更有空間感，更重要的就是讓顧客在任何樓層都可看見其他樓層的商舖，以增加商舖的人流。

　　有環保組織指出商場也「發水」，針對的就是這些中空地方，團體批評屋宇署批准樓層的中空地方豁免計入建築面積。不過筆者認為，明明是中空，沒有地板，不計面積實在理所當然。事實上，這些中空地方對商場的設計非常重要，甚至是商場的命脈所在。不過近年市民對環境保護日益重視，巨大的室內中庭加重了空調負擔，也實在值得關注。

　　一般行人習慣水平式走動。因此，傳統上，近地面的商舖，因為人流較多，租金便較高了。離地面兩層或以上

的人流便較少，過往放在高層的商舖大多是顧客有目的而光顧的食肆和戲院。

近年商場愈建愈高，為了吸引人流往高層，建築師想出了妙計，利用跨樓層的快速扶手電梯架在中庭上空，由三樓直達五樓，又由五樓到七樓，用意就是把顧客的習慣改變，盡快把人流帶到高層去，促進高層的商業，以增加高層舖位的租金。朗豪坊的通天電梯，就把遊人直接從四樓帶到八樓了。

扶手電梯由以前的垂直並排變成互相交錯，由一點到另一點，隨時要兜個大圈，目的就是要遊人走遍各大小商舖。亦因此有人說，今天的商場像迷宮。對呀，你愈迷失，「滯留」商場的時間愈長，消費的機會便愈高了。

為了把顧客留在商場內繼續消費，設計上便要花盡心思，使遊人沒有離開商場的理由。於是商場有大型屏幕，令顧客不用回家追看電視劇大結局，有重要球賽亦在商場直播。商場的洗手間設計也愈見講究，讓顧客上廁所也舒舒服服。提供各種設施和服務，務求令顧客在商場內樂而忘返，不捨得離開。

■ 元朗形點商場（Yoho Mall）設有電視屏幕吸引顧客，令客人更長時間逗留商場。

■ 觀塘 apm 的中庭設計，令顧客可以一眼看清位於各樓層的商舖。

有人愛逛商場，享受在那大盒子裏的立體空間遊走，彷彿身處另一個世界，於是觀塘不像觀塘，九龍灣不像九龍灣，元朗不像元朗。但正是如此，商場遠離了社區文化和地區特色，不同商場賣的貨品總是千篇一律，因為進駐的都是同樣的名牌店、連鎖店。至於小本經營的小商戶，交不起貴租，都被摒諸門外了。

漸漸地，商場侵蝕了街舖與市集，商場空間取代了公共空間。也許有人會問，兩者又有分別嗎？

商場畢竟是個營商的地方，一切的方便和提供的設施，目的都是為吸引消費者。只是進來「嘆冷氣」，和「搞搞震、沒幫襯」的「客人」自然不受歡迎。因此，這些「公共空間」，都是過份規管，不及街道上真正的公共空間般自由。同樣道理，除非是在付費的餐廳，在商場內要找一張有靠背的座椅並不容易。

商場，像主題公園，是個刻意「打造」的地方。那經年累月沉積而來的街道文化，人際關係和鄰里網絡，在商場內，統統都找不着。

（原文寫於二零零九年，於二零二零年七月修訂。）

188

■ 旺角朗豪坊商場以垂直式設計,特長的
扶手電梯把遊人從四樓帶到八樓。

■ 尖沙咀 K11 Musea 於二零一九年開幕。
中庭採用前衛的設計,務求成為顧客打
卡的地標。

■ 銅鑼灣時代廣場的跨樓層扶手電梯改變
了顧客逐層上樓的習慣,盡快把顧客帶
到高層去,以增加高層商店的客人流量。

邁向可步行城市，把街道還給行人

香港長期面對可建屋土地短缺的問題，而供汽車行駛的道路卻佔用了大量土地。西九龍海濱的龐大公路網絡，面積足可容納一個太古城。如果可以將汽車需求量降低，把道路面積減少；或在道路上空加建空間，作為社區或休憩用地，便可騰出更多土地興建住屋。

城市規劃「以車為本」，為了行人安全，把人車分隔，以天橋隧道取代地面行人過路線。大量公路不但把城市切割，而且造成空氣污染。不少地區如西九龍和將軍澳等，更是平台駁平台，導致地面上沒有行人，街道上沒有活力，常被批評為「無街之城」。

事實是，相對於集體運輸如地鐵、巴士、電車等，私家車在市區交通效益最低，且往往是導致交通擠塞的主要原因。香港作為一個寸金尺土的高密度城市，若規劃仍以汽車為中心，過份倚重汽車，佔據大量土地，實在不智。

聽過一個城市設計師這樣說：「如果你為車輛和交通作城市規劃，你會得到更多的車輛和交通；如果你為人和地方作規劃，你會得到更多的人和地方。」(If you plan for cars and traffic, you get cars and traffic. If you plan for people and places, you get people and places.)

世界上不少先進城市，早已明白這個道理。像北美的亞特蘭大和侯斯頓，為了紓緩交通擠塞，加建更多的高架公路，但至今依然受嚴重交通擠塞的困擾；當地市民花在交通的時間，竟是世界大城市中數一數二的。

相反，丹麥哥本哈根政府自上世紀六十年代開始，用了四十年時間，逐漸把舊城區的街道改劃為行人專區。這些行人區，有星羅棋佈的露天茶座，有賣藝者作街頭表

■ 將軍澳的城市規劃把人車分隔,平台駁平台,行人都在商場和天橋上,導致地面上沒有行人,街道上沒有活力,常被批評為「無街之城」。

■ 長達八百米的港島半山行人電梯系統,便是一個成功鼓勵行人以步代車的例子。

演。沒有車輛 (單車例外) 的街道變得空氣清新,亦成為充滿活力的公共空間,城市更建立了新的街道文化。

二零一五年十月,挪威奧斯陸市政議會宣佈,為了大幅降低溫室氣體排放量,應對全球氣候變化,計劃在四年後,全面禁止私家車進入市中心。「我們希望看到一個『零私家車』的首都市中心,給行人和單車打造一個更佳的交通環境。」市政府發言人這樣說。

由此可見,減用私家車,鼓勵使用集體運輸系統、鼓勵步行和騎單車,是大勢所趨。

其實,以集體運輸為主導的城市規劃,不但可以有效運用土地,更能提升城市生活質素。此舉既可保持可持續性,並改善空氣質素,令生活更便利。

一個可持續城市,除了有完善的集體運輸系統外,還要確保城市適宜步行,和方便以單車代步。要吸引市民以步代車,在城市設計中應處理好「最後一哩問題」。「最後一哩」,就是集體運輸車站與住宅及辦公室之間的距離。從過去不少研究和經驗所得,一般人可接受和感覺舒適的步行距離約六百至八百米,即約十五至二十分鐘的步行時

■ 舊區街道兩旁佈滿小街小舖，小檔主可以維持生計之餘，也豐富了行人體驗。

間。因此，若在城市規劃和設計中，令這段步行旅程更方便和豐富，例如有寬闊和種植樹木的行人路、有遮蔭擋雨的設備；又例如街道兩旁設有活潑多元的設施，像商店、露天茶座和社區設施等，便可鼓勵更多人走路了。

值得一提的是，長達八百米的港島半山行人電梯系統，便是一個成功鼓勵行人以步代車的例子。

另一方面，一個可提供工作機會予當區居民的社區，亦可減低運輸交通的使用。你看天水圍，由於住宅佔用了大部份的土地，上班族都要前往其他地區工作，因此加重了交通系統和生活費的負擔。相反，一些商住混合的舊區如灣仔、旺角等，本區市民只需徒步上班，減低交通負荷。

自上世紀中葉以來，政府取締了不少在公共空間如街道上的商業活動，例如大牌檔、小販攤檔和市集等。當這些既多元又活潑的行人活動被車輛取代後，社會便失去了這些無形的「商業用地」。其實，這些在公共空間進行的本土商業活動，不但能讓草根階層自給自足地謀生；這些極具本地特色的都市活動，更可豐富行人體驗，也能有助旅遊發展；理應被鼓勵而非令它們逐漸消失。

（原文寫在二零一五年十一月，於二零二零年七月修訂）

■ 灣仔經歷了不同年代的填海，街道網絡的穿透性亦隨時代轉變。

■ 西九龍海旁的交通網絡佔地甚廣，足可容納一個太古城。

浮城都市——高密度社區的延伸

香港面對建屋土地短缺的問題，但郊野公園不容開發，維港內不能填海，可開發的新界土地亦所餘無幾。因此，長遠來說，提供土地儲備的有效方法，恐怕只剩下維港外填海。

過去一百年，香港一直藉填海造地以提供發展土地。其實，不單在香港，澳門和新加坡等面積有限的城市，都是以填海來提供土地儲備。但近年公眾多關注環境和海洋生態的保護，反對填海的聲音常有聽聞。

故此，如何在提供土地與保護海洋生態取得平衡，便是一個值得探討的課題。

二零一五年十月，香港建築師學會就長遠土地供應提出了一個嶄新的理念。我們建議在臨海已發展地區對開的海面填海造地。不過填海方法並非如過去維港填海般把原有海岸線向外延伸，而是保留原有海岸線，卻在海上建造一系列的小島嶼，成為一組自給自足的浮城群（floating cities）。

學會研究小組認為，政府花費七十億，填海建造面積約一百四十九公頃的港珠澳大橋口岸設施人工島；由於四周被公路和禁區佔據了三分一面積，並且位處飛機航道，建築物高度受到嚴格限制，導致填海得來的人工島只能作單一功能，土地使用效率極低。

我們建議的填海方式，從可持續性出發，並從社會文化經濟及環保等多角度考慮。學會認為，在考慮填海範圍時，應該視之為原有社區的延伸，利用既有的基建道路和集體運輸系統接駁。此舉既可縮短建設時間和減低相關費用，亦能為鄰近居民提供同區搬遷的機會，保留社區面貌

■ 香港建築師學會建議在原有臨海社區外面興建浮城島嶼，作為原有社區的延伸。
（圖片由香港建築師學會提供）

與活力。

建議中的浮城群，每個小島面積可在四十至六十公頃之間（約三至四個維園）。小島以集體運輸系統連接，一島一站。為了減低汽車使用量，除了提供緊急行車通道外，島上交通道路網絡以行人和單車為主。島上各區域之間的距離保持着十五至二十分鐘的步行時間，鼓勵居民步行。汽車減少了，這些小島自然便成為無污染的寧靜環境。

這些小島，形狀各異，以水道分隔，卻又互相連接，它們可共享公用設施，形成集工作、生活與休閒的新型社區。

以浮城群代替大規模填海，好處就是不會影響原有社區享用海濱與海景。而且各個新建的小島又擁有長長的海岸線，令小區景觀更怡人，環境更宜居。另一方面，填海造成的小島嶼，相對於單一巨型面積的人工島，對海流及海洋生態的影響亦可減至最低。

有別於過往新市鎮及填海發展，浮城島嶼可按實際需要分階段進行，避免了從開始便投放大量資源填海建造巨大的人工荒島，然後又重演過去二十年的規劃模式。我們建議先做好整體規劃，完成技術及環境評估以確定人工島的大小與佈局。至於發展速度，可按社會變遷而定時檢討及修訂，令城市有機性地擴展。

浮城島嶼的建議，看似天馬行空，但事實是切實可行，更能為這沉悶都市增添姿采。

（原文寫在二零一五年十一月，於二零二零年七月修訂。）

明日大嶼，今日又如何？(註)

據香港房屋委員會在二零二零年三月底公佈資料，香港約有十五萬三千五百宗一般公屋申請，以及約十萬零三千六百宗配額及計分制下的非長者一人申請。一般申請者的平均輪候時間為 5.4 年，當中長者一人申請者的平均輪候時間為三年。香港房屋問題一直嚴重，輪候時間年年遞增，看來升勢還會持續，距離目標三年只會愈來愈遠。

為長遠解決因土地供應不足而衍生房屋供應短缺及其他種種問題，行政長官在二零一八年的施政報告推出「明日大嶼」願景，決定馬上展開研究在交椅洲和喜靈洲附近分階段填海計劃，建造合共約一千七百公頃的多個人工島，可興建二十六萬至四十萬個住宅單位，供七十萬至一百萬人居住；更承諾當中七成為公營房屋。時間方面，預計填海工程可在二零二五年展開，首階段的住宅單位可在二零三二年入伙。

「明日大嶼」願景的一千七百公頃填海計劃甫公佈，立即引來坊間熱議，更激發民間發起遊行抗議。支持者和反對者又紛紛表態，有人說是「倒錢落海」，有人說是「最佳投資」；爭議一直未能平息。由於千七公頃填海從來不存在於「土地大辯論」的十八個選項當中，最接近的只有一千公頃的「東大嶼都會」。這突如其來的千七公頃填海大計，就連身為土地供應專責小組成員的筆者都一時感到詫異。正當這邊廂土地供應專責小組（土供組）剛好完成五個月的「土地大辯論」公眾參與活動，仍在埋頭苦幹分析公眾意見及準備最終報告之際；那一邊廂的民間已開展了因「明日大嶼」而起更激烈的「土地大辯論 2.0」，實在令人始料不及。

■香港政府在二零一八年推出「明日大嶼」願景，建議在大嶼山東面的交椅洲興建約一千公頃的人工島。

　　究竟「明日大嶼」是好是壞，筆者暫不評論。但值得留意的是，原本政府計劃在一九年初向立法會申請研究撥款，但到二零二零年七月立法會期完結時仍未能提上議會討論。就算日後獲得通過，規劃環評工程研究和諮詢又順利進行，填海工程最快要七年後才展開；完成填海再建屋，首階段的住宅最快也要十四年後才能入伙。若再有任何延誤，入伙時間可能更遲。

　　遠水不能救近火。要紓緩日益惡化的公屋輪候人龍，便不能不認真面對短中期土地供應的辦法。這便要回歸到公眾參與中能提供較大量土地的三個短中期選項了。

　　首先是棕地發展。土供組諮詢文件預計短中期可提供一百一十公頃可發展棕地。新界棕地發展雜亂無章，經妥善規劃後再發展既可增加房屋供應，更可改善鄉郊環境。雖然要克服收地賠償和重置棕地作業的困難，但問題亦並非無可解決；在公眾參與期間，社會對發展棕地爭議也不大。在二零一八年底出台的土供組最終報告中，亦把棕地

發展作為建議增地選項之一。

　　第二是利用新界私人農地儲備。土供組預計短中期可提供一百五十公頃可供發展用地。由於政府自身欠缺適切土地興建公營房屋，向農地擁有者提供誘因，例如提供基建以釋放土地潛力興建公營房屋，應是可取的選擇。雖然在公眾參與過程中，社會對公私合營模式有保留，但這應可通過公開、公平和透明的評審機制處理，發展商亦需就私人發展部份補足地價，以釋除市民對官商勾結的疑慮。不過，由於現時並沒有任何利用私人土地儲備的公私營合作模式，方案若然獲得公眾支持，政府便應及早制訂相關政策。

　　第三是私人遊樂場地契約用地。土供組預計短中期可提供若六十公頃用地，當中包括局部發展粉嶺高球場的三十二公頃。眾所周知，發展高球場這選項在公眾參與過程中，討論甚為激烈，意見亦呈兩極化。土供組在二零一八年九月向行政長官提交的初步觀察報告中，亦提及「有不少意見認為私人遊樂場地契約用地只能惠及一小撮人，在土地及公營房屋均短缺的情況下，政府應收回在短期內約滿的土地作房屋或其他發展以解燃眉之急」。但「有體育界和政商界人士指出粉嶺高球場是唯一可舉辦國際賽事的球場，對體育發展有重要貢獻，收回球場對香港作為國際城市會造成影響」。兩極意見如何取得平衡，相信會是一大難題。

　　高球場既是官地，而球場租約亦在二零二零年到期，局部發展粉錦公路以東部份球場而暫時保留其餘佔地一百四十公頃球場作國際賽事之用，可能是在短中期選項當中最快可提供住屋用地的選項。最後，土供組的最終報告向政府建議收回部份球場作局部發展的方案，獲得了行政長官的接納。

■ 新界棕地雜亂無章，經妥善規劃後可以增加住屋用地供應，惟須處理對現有作業的重置或賠償問題。

■ 二零一八年，土地供應專責小組報告建議收回部份高爾夫球場作住宅用途，作為三個短中期增地措施之一，最終獲政府全面接納。

　　面對在二零二六年前共八百多公頃龐大土地缺口，面對日益惡化的公屋輪候時間，「明日大嶼」或其他中長期選項只是遠水。要救近火，便要寸土必爭，政府和社會都不能隨意放棄以上三個可行的短中期選項。

（原文寫在二零一八年十二月，於二零二零年七月修訂。）

（註：文章內容只屬筆者個人意見，並不代表土地供應專責小組立場。）

5

重建保育

建築保育，何去何從？

過去，香港城市發展，拆舊樓建新樓，一直被視為理所當然。常聽人說：「舊的不去，新的不來。」因此，不少極具美學和歷史價值的建築都因發展之名一一湮滅於推土機下，典型的例子就有尖沙咀火車站、(舊)香港會所和(舊)郵政總局等歷史建築。

在上世紀七八十年代，爭取保留古建築的所謂「保育人士」只限於少數建築學者和外籍人士，未能喚起社會普遍的關注，保育思潮難成氣候。最後這些珍貴的歷史建築逐一消失，上述尖沙咀火車站便只留下孤單的一座鐘樓。

近十多年來，香港民間對歷史建築的保育訴求與日俱增，不少社會抗爭亦是由保育而起。最廣為人知的有：二零零四年的利東街；零六年天星鐘樓；零七年的皇后碼頭；零八年的景賢里；一零年的政府山等。這些爭議，亦迫令政府推出了新政策以回應民間訴求，例如在零八年推出的「活化歷史建築夥伴計劃」和一零年《施政報告》的「保育中環」等。此後，不少成功的保育項目相繼落成，例如灣仔藍屋建築群、大澳警署(今大澳文物酒店)、雷生春(今香港浸會大學中醫藥學院)、美荷樓(今 YHA 美荷樓青年旅舍)、荷李活道已婚警察宿舍(今 PMQ 元創方)及中區警署建築群(今大館)等。此外，還有舉步維艱、以蟻速前進的中環街市保育項目。《建築保育與本土文化》一書作者林中偉形容這是一個千禧巨變騰躍的年代。

不同的保育模式，可反映在不同的案例當中。有活化再使用的雷生春和甘棠第(今孫中山紀念館)；有只保留外牆的高街精神病院和(舊)灣仔街市；有保育並加入新元素的前英軍軍火庫(今亞洲協會香港中心)；有「留屋不留

■ 香港第三代天星碼頭，二零零六年因為中環填海而拆卸，掀動了一股保育浪潮。

■ 尖沙咀火車站於上世紀八十年代被拆卸，只留下一座鐘樓。

■ 中區警署建築群（今大館），二零一八年完成修復，成為集展覽、商店及餐飲的場地。

■ 復修後的雷生春（今香港浸會大學中醫藥學院）。

■灣仔和昌大押是港島少數被保存下來的唐樓建築

人」的和昌大押，也有「留屋兼留人」的灣仔藍屋。

　　在香港的保育歷史中，不能不提市建局的角色。市建局的「四大策略」中，保育是其中之一。（其他策略包括重建、復修與活化）。雖然市建局的大型重建模式常被批評為破壞舊區文化，但也有擔當保護文物的工作。例如舊上環街市（今西港城）、和昌大押、灣仔茂蘿街綠屋、太子道西和上海街的唐樓群和爭端不絕的中環街市等。由此可見，市建局亦肩負了保存歷史建築的責任。

　　最大的困局，在私人建築。由於土地有發展潛力，拆卸重建後由於樓面面積大增，為業主帶來巨大的金錢利益。要保育這些屬私人擁有的物業，除非政府能提供足夠誘因。雷生春業主雷氏家族把物業捐獻給政府作保育，可說是絕無僅有。甘棠第的保育，則由政府用公帑收購以活化。景賢里的「自毀」行為，亦迫使政府要用「以地換地」去拯救。譚雅士大宅（Jessvile）則以放寬規劃限制來鼓勵業主保留原建築。但「以地換地」也非靈丹妙藥，在何東

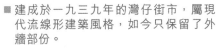

■ 建成於一九三九年的灣仔街市,屬現　　■ 美荷樓前身是徙置屋村,現已活化成青年旅
　代流線形建築風格,如今只保留了外　　　舍。
　牆部份。

花園事件中,政府建議以大宅旁邊的綠化帶作交換,或以
三十億收購,但統統都被業主拒絕。最終何東花園在二零
一三年拆卸,成為香港保育史中失敗例子的經典。隨後,
灣仔轉角唐樓同德大押亦難逃被清拆的厄運。

　　直到今天(二零二零年),香港政府仍未有一套完整
政策去保育私人建築。十多年前説好了會重置在中環九號
和十號之間的皇后碼頭亦仍未回歸,筆者亦不存厚望了。

　　「建築保育不是一個獨立的建築課題,它是混合了政
治、經濟及民生的問題,與本土文化息息相關。建築是文
化的載體,也是文化的傳承,是文化價值觀念,會隨着
時間而改變。香港的保育何去何從,很受社會與政治的影
響。」林中偉在書中指出。

　　這個城市,失去的實在太多。

(原文寫在二零一五年七月,於二零二零年七月修訂。)

湮滅中的街道文化

　　香港的舊區，像灣仔、上環、旺角、深水埗等，滿佈着大大小小的街道，橫橫直直的互相穿梭。街道兩旁是地舖，容得下各行各業。付得起較貴租金的，像銀行、酒樓、服裝店，便在人流較多的大街做生意。小本經營的行業，如五金店、補鞋匠，在橫街窄巷也可找到生存空間，可謂各適其適。

　　隨着都市有機性的發展，經年累月，同類型的商舖聚集一起，成行成市，一些街道便自然變成各有特色，像旺角的「波鞋街」、「金魚街」等；而上環的「海味街」、深水埗的鴨寮街、油麻地的廟街，更成為受歡迎的旅遊景點。到西營盤水街的大牌檔吃宵夜，也是許多港大舊生的集體回憶。中環的蘭桂坊蘇豪區，更不是規劃師建築師所「打造」出來的。

　　有「玩具街」之稱的太原街市集，是灣仔富地區特色的街道，是城市脈胳的一部份。市集的小攤檔，擺賣着五花八門的貨品，如傳統玩具、玉器首飾、海味雜貨、糖果小食、鮮花蔬果、T恤拖鞋，還有民間工藝品等。這裏不單養活了百多個小檔主，讓街坊們方便地買到價格相宜的貨物，是居民生活的一部份；也是城市的性格、魅力所在。遊客最愛看的就是本地居民獨特的生活文化，於是，太原街市集自然便變成吸引遊客的地方。

　　行人在熙來攘往的城市空間中穿梭，同時亦感受到箇中的多元化及豐富的色彩；街上有賣東西的檔販，有買東西的顧客，有來逛街觀賞的遊人，也有只是匆匆路過的過客，各適其適，盡顯都市的活力，這便是街道文化。

　　以前還有「花布街」、「雀仔街」、「相機街」等，不過

■ 香港街道上大牌檔是不少人的集體回憶（吳永順水彩作品）

因為舊區重建，從此在城中湮滅。今天舊地重遊，也無法察覺當日街道的任何痕跡，因為它們經已成為發展地盤的一部份。換句話說，街道被「吃掉」了。

過去因為舊區重建，推土機拆掉了舊建築，拆掉了街道。因為舊區重建，推土機抹去了多元的街道生活文化，抹去了居民的生態環境，抹去了市民的集體回憶。

重建項目要「吃掉」街道，目的就是要將多個小型地盤變成一個大地盤，增加實用率。舊式街道把兩邊地盤分隔便不好規劃，所以城規會便容許將街道包括在地盤面積內。於是，可發展的土地面積加大了，可建的樓面面積自然增加，發展商便更有利可圖。結果，重建後的建築物，往往變成在舊區中的龐然大物，與周圍的建築環境格格不入，上環的中環中心及旺角的朗豪坊便是其中例子。

■ 灣仔太原街市集

■ 旺角花園街市集

重建之後，橫街窄巷消失了，地舖不見了，小販攤檔清拆了，換來的是大型商場，租商舖的是一式一樣的大型連鎖店或名牌店。原來的小市民哪裏租得起？要繼續經營可往哪裏去？說轉型又談何容易？

你看「花布街」搬往西港城，還不是門可羅雀，苟延殘喘？早年經濟不景，政府說要推動本土經濟，在上環海旁再搞「大笪地」（平民市集），給小本經營者擺檔，最後也失敗收場。

本土經濟本來就是在舊城區內土生土長，自然形成，與城市脈胳相依為命。你可以把它活生生的連根拔起，然後在老遠的無人之處設個場來做些所謂的推動嗎？

街道是城市的公共空間，本是屬於全體市民的，把街道賣掉，建成商場，便同將城市空間私有化沒有分別。

後來，市區重建局參考了專業人士和民間組織的意見，把灣仔的利東街留住了。可是，留得住利東街，卻留不了「喜帖街」，留不了「人」。

（原文寫在二零零六年，於二零二零年七月修訂。）

■ 中環石板街，街道兩旁遍佈小販攤檔。

■ 廟街市集不單豐富了街道的活力，也是基層市民賴以為生的地方。

■ 從平面圖可見，重建前後的中環中心（左圖為重建前，右圖為重建後），許多小街消失了。

■ 建成於一九五四年的皇后碼頭，除了作為碼頭用途外，亦成為市民聚會和休憩的地方。

皇后碼頭重置，仍未「找數」

　　拆卸皇后碼頭，可以説是掀起香港保育浪潮的重要事件。

　　故事要由二零零六年説起。政府為了興建中環灣仔繞道及相關的道路工程，要在中環進行填海，並決定清拆天星鐘樓（天星碼頭的主要建築）及皇后碼頭，事件掀起民間反彈，一場擾攘近一年的保育爭議迅即展開，且橫跨兩屆政府。那時，保育人士和不少建築師均堅決認為皇后碼頭應在原地保留，不遷不拆。保育人士更在碼頭絕食抗議。當時，古物諮詢委員會亦把碼頭評級為一級歷史建築，應盡辦法保留。還記得在事件中，在二零零七年七月剛就任發展局局長的林鄭月娥破天荒地親身前往碼頭與抗爭者對話，但最終仍堅決把碼頭拆卸，不過承諾重置的地點可以再作商討。

　　終於，皇后碼頭在二零零七年底於一片爭議聲中消失。碼頭被支解，藏在大嶼山狗虱灣的爆炸品倉庫中。

皇后碼頭於上世紀五十年代興
建，與大會堂及愛丁堡廣場屬一個整
體的建築群。在殖民地時代，新港督
就任便在皇后碼頭登岸，在愛丁堡廣
場閱兵，然後前往大會堂宣誓就職，
令整個建築群滿載歷史意義，可以說
是「三位一體」。另一方面，皇后碼頭
也是公眾上落船隻和閒坐休憩的公共
空間，是港人的集體回憶。故此，我
們當年一直堅持，皇后碼頭應在原地
重置。當年共建維港委員會(海濱事務
委員會的前身)，亦持相同意見。

　　但持相反意見的人卻批評，填海
後把碼頭重置於原地會變成「涼亭」。
但皇后碼頭過去除了碼頭功能外，也是
一個自由自在的公共空間，是市民無
拘無束的休憩用地。在這裏釣魚拍照
下棋，躺臥追逐跑跳，都沒有保安員驅
趕，比其他的公營或私營公共空間更自
由。當年香港建築師學會亦提出方案，
建議在原地重置的碼頭外面加設水體，
讓碼頭仍留在水邊。

　　二零零八年，規劃署進行「中
環新海濱城市設計研究」公眾參與活
動；皇后碼頭的重置地點便自然成為
討論焦點之一。當時，政府提出另一
方案，把碼頭重置地點設在剛剛啟
用的九號和十號碼頭之間，理由是讓皇
后碼頭可以回復碼頭功能。

　　當年，重置地點的討論還要走遍
十八區區議會及立法會。最終政府認

■ 皇后碼頭、愛丁堡廣場及大會堂，屬同期「三
　位一體」的建築群。

■ 二零零六年的皇后碼頭，因為中環填海工程而
　遭到被拆卸的厄運。

■ 拆卸前的皇后碼頭及天星碼頭，屬同期現代主
　義的建築風格。

重建保育

為大部份民意贊成重置在九號與十號碼頭之間，否決原地重置的建議。還記得，當年政府承諾，重置工程可望在二零一三年完成。

事實是，二零一三年皇后碼頭仍是不見蹤影。相反，到二零一六年三月，發展局土木工程及拓展署一再展開關於皇后碼頭重置的諮詢，更在海濱事務委員會會議中簡介諮詢詳情。當時討論的議題是有關碼頭的建築設計風格，地點仍是在九號和十號碼頭之間。按當時政府諮詢提供的時間表，若然一切順利，重置工程於二零一九年才完成，比當初的承諾遲了六年。

不過，這次諮詢最後卻不了了之，諮詢在二零一六年五月結束，但報告卻遲遲未有公佈。到二零一九年一月，中環灣仔繞道通車，但當初因建繞道而要讓路的皇后碼頭卻仍未回歸。政府這一趟更說：「沒有時間表。」皇后碼頭重置一拖再拖，諮詢完再諮詢，最後連時間表都消失，令人不禁懷疑政府兌現承諾的誠意和決心。當天說皇后碼頭拆卸後會回來的承諾，極有可能只是為拆解政治炸彈的緩兵之計。

十四年前「保皇」抗爭，對筆者來說還是恍如昨天，歷歷在目。重置皇后碼頭的地點，在二零零八年已經通過開放的公眾諮詢程序取得社會共識。當日答應了，「找數」就是常識吧。

當日信誓旦旦的承諾，今天似乎已經煙消雲散。皇后碼頭，看來只能留在大家的回憶中。

二零二零年代的你，也可能已經忘記有皇后碼頭這一回事了。

（原文寫在二零一六年三月，於二零二零年七月修訂。）

活化雷生春，讓歲月留痕

■ （左）雷生春建成於一九三一年，並於二零一二年完成復修。
（右上）為了增加可用樓面，建築師用無框玻璃窗把騎樓圍封。
（右下）室內亦保存了昔日的牌匾。

在深水埗荔枝角道和塘尾道交界處的一個三角形地
盤上，屹立着一幢四層高的老舊唐樓——雷生春——縱
然周遭早已變得高廈林立，同期建築亦已灰飛煙滅。雷
生春八十年來屹立街角，見證着社會的變遷，並成為當
區地標。

雷生春建成於一九三一年，由本地建築師布爾（W
H Bourne）設計，屬混凝土結構。當年設有露台的標準唐
樓，大多由本地承建商仿照畫本設計和建造。雷生春之所
以與別不同，是因為建築師為業主雷氏家族度身建造。地
下用作商舖，樓上三層作住宅。

從外表可見，設計受上世紀三十年代盛行的裝飾藝術
風格（Art Deco）影響，外牆糅合了流線形的橫向線條和古
典裝飾的元素，例如屋簷、簷板和楣飾等。柱子的用料，

比例和欄杆裝飾亦隨不同樓層而有別。地面層的柱子用麻石建造，樓上的則髹上油漆，每層柱頂都有裝飾。至於大騎樓的欄河，二樓和三樓的是甕形扶欄，四樓的是無花紋矮牆。由此可見建築師對設計的講究。

舊唐樓的特色，當然是那寬闊的騎樓。另外，就是屋頂外牆兩片嵌有中藥店號雷生春的石匾。而藥店，就在地舖。業主雷亮於一九四四年逝世後，雷生春亦在數年後結業。地舖後來出租作洋服店。上世紀六十年代後期，雷氏後人相繼遷出樓上住宅。自八十年代起，建築物一直空置。

二零零三年，雷氏後人慷概地把建築物無償贈與政府作保育用途。到了二零零九年，政府通過活化計劃把建築物交給香港浸會大學改作中醫藥保健中心，條件是必須完整的保存舊建築。二零一二年，活化工程竣工；同年，香港浸會大學中醫藥學院—雷生春堂正式投入服務。

活化後的雷生春驟眼看來與舊日無異，只是發現騎樓都被玻璃圍封。為了更了解當中奧妙，筆者走訪了負責活化設計的建築師林中偉。

「騎樓比內籠面積還要大，而且當區既嘈吵又大塵，要做診所，要增加可用面積，唯有把騎樓圍封。」建築師解釋。「保育工程當中的最大挑戰，是如何令舊建築物合乎當今的《建築物條例》，而又不破壞舊建築的完整性。」

保育舊樓，既要原汁原味，又要合新例，實在充滿矛盾。今天的欄河規定要 1.1 米高，以前的 0.9 米便夠。幸好騎樓以玻璃圍封，不用加高欄河。「不過，在屋頂便要把隔熱磚去掉令地台降低，以遷就欄河的高度。」林中偉說。

細看那新建的玻璃圍牆，是建在欄杆後面，而且都是沒窗框的。「我們對玻璃的用料非常小心，要選擇盡量通透，不反光的，以免破壞騎樓的觀感。」做保育的另一原

■（上）雷生春新增建的一組逃生樓梯設在舊建築物的後方。（下）中醫藥保健中心的室內佈置。

則，就是「最大可還原性」(Maximum Reversibility)。即是說，新加建的要對舊建築有最少的干預，而且日後可以拆卸，把舊建築物還原。

舊樓只有一條逃生樓梯，又沒有電梯供傷健人士上落。因此，加建樓梯和電梯無可避免。

「舊建築是主角，新加建的要盡量低調處理，不能喧賓奪主。再者，也要讓人看得出哪些是新，哪些是舊。因此，電梯建於屋後隱閉處，加建的樓梯以鋼鐵做結構，欄河用玻璃。」原來舊有樓梯闊度亦不足夠。「要加闊舊樓梯無可能，成幢樓會『散晒』。最後，唯有以管理手法解決，限制樓宇使用人數。」樓宇最高容量是八十人。

舊日的地面後院，為建築物留作採光和通風之用，亦是工人進出和晾衣服的地方。今天後院的圍牆消失了，市民從街上可直接進入後院，亦成為傷健人士進出建築物的通道。

舊樓用天然通風，今天則冷氣長開；消防條例又要灑水系統。相關的屋宇裝備和機電設施可不少。「做保育，就要考慮如何把這些現代必備設施收藏而不影響建築物外觀。」細節的考慮，絲毫沒有掉以輕心。

建築師不講也不知，地面外圍的石柱上，都殘留着過去地舖做洋服店做燈飾店的廣告字跡。「我們刻意的不把這去掉，就是要留住歷史痕跡。」

對，就讓歲月留痕，見證雷生春的飽歷滄桑。

（原文寫於二零一二年四月）

荔枝角道立面圖

塘尾道立面圖

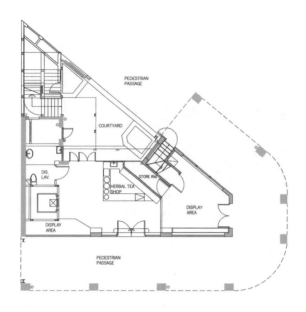

地下平面圖

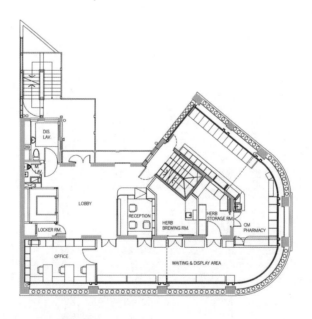

一樓平面圖

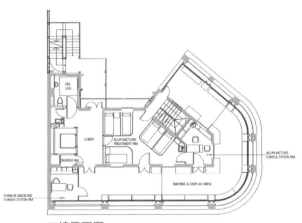

二樓平面圖

三樓平面圖

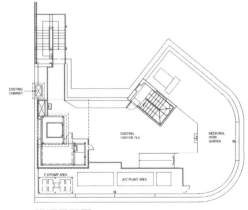

屋頂平面圖

■ 亞洲協會香港中心正義路入口處

鬧市中的綠洲——軍火庫變藝術館

在高廈林立的金鐘，半山處隱藏着幾幢有過百年歷史的建築物。過去閒人止步的英軍火藥庫，今天卻成為市民閒逛和欣賞藝術的好去處。

這組名為「亞洲協會香港中心」（Asia Society Hong Kong Center）的建築群，與人流如鯽的太古廣場近在咫尺。但說它隱蔽，卻一點也不誇張。遊人要走上一段清靜的小斜路方可抵達。

項目佔地 1.3 公頃，由美國著名建築師 Tod William and Billie Tsien 設計，執行建築師是本地的 AGC Design。建築師除了保存並復修四幢歷史建築外，還加建了一幢低矮的新建築。要進門，就要經過這幢新建的接待館。

筆者在入口處買過票，接待員禮貌地說：「你可以在旁邊的資料室看過資料後，再到背後的玻璃門往外去，然後上樓梯。」筆者照做，電視屏幕上正播放着建築師的設計概念。而他們的三個主要設計概念，就是橫向性（Horizontality）、聯繫性（Connectivity）和活化再利用（Adaptive Reuse）。「好，知道了。還是親身體驗吧。」

■ 亞洲協會香港中心鳥瞰圖片。照片上端紅色屋頂建築物為舊火藥庫,下端的是新加建的接待館及宴會廳。

■ 一道臂彎形的雙層天橋把新建築部份與隱藏於山林的古蹟建築物連結起來

■ 從天橋望向猶如飄浮在山坡上的宴會廳，低矮樓宇與四周的高樓大廈形成強烈的對比。

■ 新加建的部份以深灰色石材作外牆物料，目的是與舊建築清晰地區分。

■ 軍火庫建成於一九零五至一九零七年，現在已改造成一個可容納超過一百人的演講室及劇院。

　　離開接待館，從室內又回到室外，眼前是一幅水簾，流水聲就像要把人的心靈洗滌，帶離繁囂鬧市。走上樓梯，景觀豁然開朗，接待館的屋頂，原來是個大花園。

　　保育古建築，也要保育大自然。建築師以一條天橋連接新建築和舊建築群，天橋的設計本來是一條直線，但為了保存在山丘叢林棲息的果蝠，天橋便設計成臂彎形。在人人都上班的日子，這裏格外寧靜。置身翠綠樹林中，還可聽到蟬鳴鳥叫；吱吱作響的，除了鳥兒外，原來還有果蝠。走在天橋上，回看接待館，橫向形的建築物就像懸浮在山坡中，與大自然融合，但又與周遭眾多的垂直形玻璃幕牆高樓大廈形成強烈的對比。

■ 昔日軍火工場的迴廊

走過天橋，再拐個彎，像時空穿梭般，到達古蹟區。

古蹟區由三幢一層高的長方形建築物組成。首先看見的是昔日的軍火工場，工場建於一八六三至六八年間，是香港歷史最悠久的殖民地建築之一，特色是那室外用作遮蔭擋雨的有蓋迴廊。古蹟復修後，成為行政樓和會議廳。迴廊外邊，橫放了幾塊海軍界石。

中間的一幢，也是與軍火工場同期興建。建築物以本地花崗岩石建成，曾作軍火庫以儲存火藥。如今改造成藝術館，內裏是四個倉庫，拱形屋頂仍完整保存。除了原汁原味保存並復修舊建築外，建築師在外面兩側加了兩個玻璃盒以增加空間。低調子的新加建物並沒有喧賓奪主，透過玻璃牆，百年古建築的岩石外牆仍然清晰可見。

三幢火藥庫之間，被護堤相隔。這些護堤，由大量泥土堆砌而成，由護土牆鞏固着。護堤的功用，就是萬一軍火庫爆炸，可以用作屏障減低災害。

離開藝術館，沿有蓋通道再往前走，深入古蹟區，眼前是另一幢軍火庫。這幢以磚建造的建築物，在一九零五至零七年間加建，外牆可見四個三角形的屋頂，成為該建築物的特徵。這座火藥庫，今天已活化成可容過百人的劇場，作為多元化的表演場地。

在古蹟區的地面上，不時可以看見一條像電車軌般的軌道。這是舊日的火藥運輸軌道，製成的火藥就是沿這條軌道再經架空繩道運往山下的軍器廠街。

回程時又來到臂彎形天橋的手肘尖角處，這正是往日架空繩道落山的地方。筆者停了下來，凝望着這人人都說沒有記憶的都市，心裏想：「香港，至少還保存着一個可以說故事的地方。」

（原文寫於二零一二年）

重建保育

223

保育藍屋，留屋兼留人

　　二零零九年，發展局推出第二期歷史建築活化計劃，為五組歷史建築物進行招標，其中最矚目的要算是位於灣仔舊區的「藍屋建築群」。政府破天荒地採納民間爭取多年的「留屋兼留人」方案，要求中標者必須在項目中兼容留在建築物內的十三個租戶，並改善其居住環境。

　　藍屋由四幢舊唐樓組成，上世紀八十年代，維修師父不經意的把水務署用剩的油漆在其中三幢的外牆髹上了一片彩藍。自此，這組本來無名無姓的唐樓便擁有了這個浪漫名字——「藍屋」。

　　據歷史記錄，藍屋所在位置原是「華陀醫院」，相信是首間在灣仔的華人醫院。後來醫院關閉，改為一所供奉華陀的廟宇。之後建築物被拆卸，在一九二零年代初改建成現時所見的四幢四層高的唐樓。石水渠街和景星街街角處的一幢，地下設有「華陀廟」。在一九五零年代，該單位被黃飛鴻徒弟林世榮的姪兒林祖租下而改為武館。到六十年代，林震顯子承父業，再變成現在的醫館。樓上的二至四樓在二次大戰前也曾開設了當區僅有的一所英文中學「一中書院」。其他的地舖則售賣洋酒雜貨，樓上便是升斗市民的住屋居所。

　　藍屋的建築特色，在於那懸臂式的露台和輕巧典雅的鐵枝欄杆。從屋內可通過對開的玻璃門通往露台，露台又把四幢樓宇連成一起。樓宇的側面是批盪牆身，每層以一條凸線作分隔，各層的窗頂都有簷篷作遮擋雨水之用。此外，室內的地板和樓梯都是以木材建造，並沒有多餘的裝飾。這樣的唐樓（或稱「店屋」）建築在香港經已變得極為罕有。

■ 灣仔藍屋（吳永順水彩作品）

　　藍屋在二零零零年被古物諮詢委員會評為一級歷史建築。

　　藍屋被列入市建局的市區更新範圍，二零零六年市建局與房協合作，宣佈把藍屋和附近的黃屋與橙屋組成的建築群，復修為一個以茶藝和醫療做主題的旅遊點，並提供市民和遊客休憩的地方。不過，原來的住客全部要遷離。

　　該計劃惹來社區組織和保育團體的關注，遂自發展開公眾參與活動。席間，參與者反問當局，招徠遊客，哪原有的居民怎辦？既然留住建築物的軀殼，為甚麼不能把活生生的人也留下？

　　不過，也不是人人願意留低，有老婆婆嫌棄衛生環境太差，又老鼠、又蒼蠅，樓梯又斜又窄兼沒廁所。如果有公屋可遷，必定立刻走人。

　　住了六十多年的老伯伯卻說藍屋樓底高、光線夠，廚房又大兼空氣流通；最喜歡寬敞的騎樓，可以在此乘涼看

■ 保育前的藍屋（二零零九年）

報，可以望街做運動耍太極。要走，便是千萬個不願意。

對呀，藍屋的露台既可遮蔭又可擋雨，住戶更可與街上行人近距離接觸，室內室外打成一片。這樣的鄰里關係，現代的建築便難以做到。近百年前的露台，誰管它環保不環保？

藍屋的更新，不像利東街、不像觀塘：居民沒選擇；就算是有，只是選擇「自願離開」或是「被迫離開」；留下，不在選項。這一次居民有選擇，可以收錢走人、同區重置或留在原址不必搬走。這樣舊區住客可以保留原來的生活模式和社區網絡，地區亦保存了本土文化。住戶走得開心，留得放心；社區多了和諧，少了對立；政府做了好事；實在皆大歡喜。

保育藍屋，也不像附近和昌大押的「留屋不留人」——舊樓變成高級食肆，付不起錢的普羅市民只有望門輕嘆。

今天，「喜帖街」被夷為平地，（舊）灣仔街市拆剩空殼，皇后碼頭被支解再丟到老遠，情況實在慘不忍睹。發展局決心採用「留屋留人」原汁原味的保育模式以活化藍屋，總算從善如流，找對了方向，還是值得一讚。

（原文寫在二零零九年九月，於二零二零年七月修訂。）

■ 藍屋建成於一九二零年代，是香
港早期的唐樓建築，外牆上懸臂
式露台是箇中特色。

227

留住利東街，留不住街坊情

　　二零一五年，市建局灣仔利東街重建項目終於完成，被街板圍封達八年的利東街重見天日。這條曾經因為重建而充滿爭議，有「喜帖街」之稱的街道，在香港的保育歷史上舉足輕重。當年，利東街、天星鐘樓和皇后碼頭要拆卸，激發不少市民參與保育抗爭，最終迫令政府重新檢討保育政策。

　　利東街的特色，在於沿街兩旁大部份都是印喜帖的店舖。利東街成為喜帖街，跟附近的玩具街、旺角的金魚街及波鞋街，和已消失的相機街花布街雀仔街等一樣，並不是在一夜之間「打造」出來，而是經年累月成行成市沉積而成的結果。這些舊區中的橫街小舖，除了令街道擁有獨特的地區文化外，更重要的是可以讓小本經營者賴以謀生。

　　不過，隨着市區重建，這些別具特色的街道已經買少見少。

　　二零零六年的年初七，筆者身處利東街出席街頭論壇，探討市區重建。還記得，一位住在灣仔舊區四十多年的老街坊，把舊區生活點滴娓娓道來。原來，利東街的六層高樓宇，曾經是灣仔最高的大廈。天台視野廣闊，可以看見太平山和獅子山。由於天台是相連的，這裏便變成小孩子的樂園，還可以放風箏。鄰舍就像家人和朋友般互相關顧。「這些睦鄰關係，這些舊樓的人情味，你們搭電梯的人是感受不到的。」他說道。

　　老街坊感慨，老社區左鄰右里的睦鄰關係，因為重建瞬間消失。就像經歷戰亂般，與老朋友失散了。「失去了的老同學老街坊，不是用錢可以買回來吧。」還記得，這

■ 重建前的利東街舊貌（吳永順水彩作品）

位老街坊，人稱「超哥」。

　　當年，居民與建築師和規劃師不斷開會，提出了保存街道特色和居民社區網絡的「啞鈴方案」，在街頭與街尾建高樓，保留街道兩旁中間的舊唐樓與店舖，可惜不獲城規會批准。最後，重建項目以原定計劃進行。整整一條利東街，在零八年被封上圍板，原居民各散東西，老舊唐樓統統消失於推土機下。

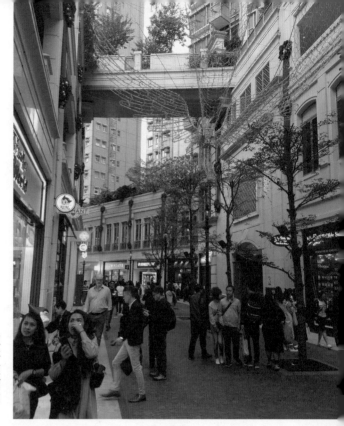

■ 重建後的利東
　街，仍然保存
　了原來的街道
　脈絡，街道兩
　旁卻換上了高
　級時尚商店。

當年，市建局曾承諾，重建後的利東街，會以婚嫁為主題，舊店業主或租客將來可以市值租金租用商舖。還把重建項目起名為「姻園」，後來更把街道改了一個令人啼笑皆非的名字，叫「囍歡里」。

以上的，都經已成為往事。

今天的利東街，位置沒有變改，名稱依舊，但面目全非。這天，筆者舊地重遊，百感交集。

眼前所見，街道搖身一變成為一條幾經悉心打扮的步行街，街道上種滿樹木及擺設整齊盆栽，連街燈都是特別設計的。此外，還有不少座椅，座椅上有銅像雕塑。街道兩旁是充滿歐陸風格，塗上了粉色的一列建築。商店仍未開業，但據說都是高級時尚店和賣化妝品的。商店上端，當然是價格不菲的摩天豪宅。

無可否認，這是發展商與建築師花盡心思「打造」出

■ 利東街重建後搖身變
成歐洲小鎮，昔日的
街坊守望相助的情景
不再，集體回憶亦漸
被遺忘。

來的項目。如果這是建在新發展區，或者對利東街沒有記憶的人來說，這倒算是一個做得不錯的都市空間。

　　走過新建的住宅大堂，設計裝潢高貴華麗，雲石水晶燈不在話下。守在門前的還站着一個頭戴帽子、身穿黑色紳士禮服的服務員。

　　面對有如主題公園童話世界般的景象，令我不禁思索，從前的街坊哪裏去了？當日喜帖街的小店舖，又有多少可以回來？這還是我認識的利東街嗎？市區重建，又是為誰而建？

　　走着走着，迎面而來應該是兩位地產公司的職員，看見我定睛地凝望着豪宅大門，便禮貌的對我說：「先生，要睇樓嗎？」我笑了笑，說：「謝謝你，不用了。」

（原文寫在二零一五年十二月，於二零二零年七月修訂。）

中環街市——最後的包浩斯建築

　　童年時家住港島區，每逢星期天早上，一家到過教堂後，我便跟隨母親到中區的「中央市場」(即中環街市，「中央市場」是我當時看見寫在入口處的名稱)，買滿一星期的餸菜，而父親便駕着車子在門外等候。我還依稀記得，街市很大，樓梯很闊，室內有個大光井，地面是濕漉漉的，而賣雞鴨的地方……很臭。那時候，我對建築設計還是一無所知。

　　中環街市於二零零三年停止運作，零五年政府有意把街市土地售賣，拆卸舊建築物，改作私人發展的甲級商業樓宇。有關土地曾被列入地政總署的「供申請售賣土地表」(俗稱「勾地表」)內，計劃出售予發展商作重建用途。

　　一座擁有近七十年歷史，盛載着香港人集體記憶，在中區一眾摩天大廈群中碩果僅存的低層建築，會否在推土機下化作頹垣敗瓦，從此在城市中湮滅？

　　對於消失中的中環街市，不少建築師都感到非常可惜，希望這歷史建築物能被保存下來。究竟這座一般人看來外表平平無奇的建築物有何價值呢？

　　中環街市建成於一九三九年，曾經是東南亞最大的肉食市場。街市由當年的工務署 (Public Works Department) 設計，用了一年時間完成建造，設計風格受到二十世紀三十年代於歐美盛行的「包浩斯」(Bauhaus) 影響。包浩斯風格最突出的一個思想，就是「形式源於功能」(Form Follows Function)。簡單地說，便是建築物及各組成部份的設計均以功能為原則，以乾淨線條取代沒有實際用途的雕琢裝飾，力求以建築物的形式忠實地表達它的用途。與殖民時期或愛德華時期着重花巧裝飾的風格大異其趣。

■ 建成於上世紀三十年代的中央市場，後來稱為中環街市。（吳永順水彩作品）

　　中環街市窗戶的設計，也帶着包浩斯的特色。窗戶不再是在牆壁上開一個一個的口子，而是以橫向線條造成長條形的「窗牆」，成為牆壁的一部份，可說是今天常見的玻璃幕牆的始祖。窗牆的功能，便是使一向擠迫潮濕的街市，得到最佳的天然採光及通風效果。

　　除了受到包浩斯影響外，中環街市的設計也帶有一點屬於「藝術裝飾風格」（Art Deco）其中一派的「現代流線風格」（Streamlined Moderne）特色。由於上世紀三十年代航空科技突飛猛進，建築設計亦緊隨潮流，以飛機飛船流線外形的美學用於建築形態。中環街市的圓角，對稱的室內

■ 中環街市中間的大光井和大樓梯是這座歷史建築物的定義特徵元素

格局，窗口上流線形的懸臂遮陽簷篷等，都是流線風格的特徵。

在香港，包浩斯風格的建築已幾乎絕跡，到二零零五年僅餘下中環街市及（舊）灣仔街市，而後者經賣掉給市建局與地產商，最後只保留了外牆。如果社會不去保存中環街市，包浩斯便從此在香港消失。

香港建築師學會在二零零五年底做了一個會員問卷調查，訪問建築師對中環街市未來發展的意見。調查結果顯示八成的建築師認為中環街市應予保留。學會更提出可以在舊建築上蓋興建新發展項目，並把舊建築活化再利用（Adaptive Re-use）。這是一個既可保存歷史建築，又可增加發展面積的方法。上世紀九十年代，由嚴迅奇建築師設計的尖沙咀半島酒店的擴建工程，便是一個成功的例子。

在香港，有歷史價值的建築物往往不敵於經濟發展的洪流而一一消失。今天市民對於保存歷史文物的意識逐漸增強之際，政府可以用創新思維，為這個沒有記憶的都市留下一絲回憶嗎？

（原文寫在二零零五年十二月）

■ 只保留了外牆的（舊）灣仔街市，與中環街市同屬現代流線建築風格。

「漂浮綠洲」——新與舊的溫柔對話

　　二零一一年，市建局啟動中環街市保育計劃，筆者所屬公司有幸被選中擔任項目建築師，我們更邀請了日本建築大師磯崎新為合作夥伴，共同負責項目設計。不過，由於當時中區分區計劃大綱圖被司法覆核，中環街市的保育計劃拖延了一年半。到一三年初，項目重新啟航，再向城規會提出申請，而市建局更在中環街市展出設計模型以收集公眾意見。

　　我們以「漂浮綠洲」（Urban Floating Oasis）的概念，提出在保育中環街市之餘，在舊建築上增設一個「漂浮空間」，為市民提供更多綠化和休憩用地。

　　年過八十的磯崎新，與安藤忠雄和黑川紀章，合稱日本現代建築界三傑。他在二零一三年來到香港，除了出席城中綠洲展覽開幕活動外，還會見傳媒，介紹「漂浮綠洲」的設計概念。

　　建成於一九三九年的中環街市，屬包浩斯（Bauhaus）建築。包浩斯是對二十世紀初建築風格的顛覆和革命。包浩斯風格簡潔，主張「形式源於功能」，並以連續的橫向窗戶設計，把建築從過去以磚石為主的傳統風格解放出來。曾親身經歷包浩斯時代的磯崎新認為：「一世紀之後，我們驀然回首，不禁驚嘆包浩斯帶來的震撼。當年的先鋒，已成為今日的經典。中環街市正兼具了先鋒與經典的特性。設計『漂浮綠洲』，的確是我工作生涯的挑戰。」

　　香港從百年前的小漁村變成今天高樓密佈的國際城市，世界級建築大師先後在香港興建地標。磯崎新卻對地標建築不以為然。五十年前初次到香港，他看見這裏的建築物都是橫向的。到上世紀八十年代，他重臨香港。那個

■「漂浮綠洲」方案，以新舊兼容為主題。在舊建築物上端加建了新元素，及增加了公眾休憩空間的面積。

重建保育

237

■「漂浮綠洲」保存了昔日中環街市以水磨石鋪砌的大樓梯和大光井

時期，霍朗明（Norman Foster）在中環建了香港滙豐銀行總行；後來貝聿銘又建了比滙豐更高的香港中銀大廈，樓宇一直爭相比高。「一層層密集垂直的高樓，相對於水平的海港，是香港這城市獨有的特色。」磯崎新把他對香港的體驗娓娓道來。

但磯崎新卻鍾情於橫向建築。一九八三年，他獲邀擔任一個山頂建築設計比賽的評判，便選出了札哈·哈迪德的作品成為冠軍。這座建築，正是橫向型的。（參本書第三十四至三十六頁）

歷史發展，從橫向到垂直，從平民建築到地標建築。到了今天，磯崎新卻主張回歸基本，堅拒為建地標而標奇立異，反而在尋找如何以二十一世紀的建築語言，與二十世紀的包浩斯作出溫柔的對話。

保留和改造舊建築，可說是一個解構重合的過程。我們在思考「漂浮綠洲」的設計時，除了完整保留大樓原來的立面、內部矩陣式的樑柱結構、中間的光井和水磨石大樓梯外，還希望加上新的元素。新元素就是原建築之上的「漂浮空間」。「漂浮空間」呼應原建築的精神，但以新手法處理，令兩者能一脈相承，尊重大樓的原建築語言，但拒絕假仿古式設計。

■「漂浮綠洲」剖面透視圖

　　我們設計了一個漂浮在原建築上一個簡潔的玻璃盒子，與原大樓和諧結合。兩者亦以綠化空間分隔，使閱讀者能清楚分辨新與舊。要讓「漂浮空間」展現漂浮的效果，溫柔地延展原大樓的風格，我們在結構上便特別費盡心思，採用了懸臂式的結構，以最少的支柱去支撐新建的部份。

　　由於原中環街市向德輔道中的立面在上世紀九十年代因興建行人天橋而遭受破壞，故以新的立面取代。新的立

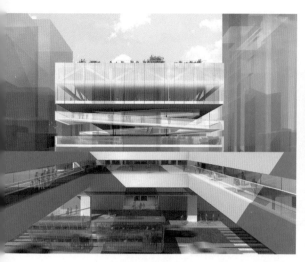

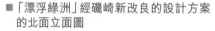
■「漂浮綠洲」經磯崎新改良的設計方案的北面立面圖

■原中環街市的北面立面在上世紀九十年代被拆卸重建以連接往恒生銀行的天橋系統。「漂浮綠洲」方案以斜坡把天橋連接至新加建的公共空間。

面將以玻璃建造，使內外上下通透。「漂浮綠洲」的內部活動，從街上清晰可見，以強化與社區的關係。新立面的「漂浮空間」和原大樓之間以玻璃步道連接，行人可漫步其間。這個玻璃步道就如詩歌中的間歇，賦予新立面豐富的節奏感。

原大樓頂層和「漂浮空間」的頂層，將會是兩個綠化的公共空間。「漂浮空間」底部以鏡像式處理，以反映原大樓頂層的綠化空間。市民從街道上眺望，可產生空靈剔透，綠意滿盈的視覺效果。磯崎新說：「二十一世紀的鏡像，折射二十世紀的時代印記；新與舊，將在層疊的綠意中融合。」

「漂浮綠洲」不為地標而建，而是在二十一世紀延展舊建築的神髓，讓新與舊展開一段溫柔的對話。

（原文寫在二零一三年五月，於二零二零年七月修訂。）

■「漂浮綠洲」面向皇后大道中的立面

「綠洲」夢碎——中環街市再出發

建成於一九三九年，具現代簡約主義建築風格，且被評為三級歷史建築的中環街市，終在二零一七年獲行政長官會同行政會議以私人協約方式，收取象徵式地價批地與市建局，為期二十一年。

訊息公佈後，有傳媒朋友問筆者：「項目拖延六年，終開綠燈。作為負責此項目的建築師，你有甚麼感想？」我答：「一言難盡。」

中環街市自二零零三年街市遷出後一直丟空，渺無人跡的建築物逐漸破落失修；地皮更曾被放進「勾地表」，歷史建築面臨慘被清拆的命運。後來政府回應民間對保育歷史建築的訴求，行政長官在二零零九年的《施政報告》中，提出「保育中環」八大項目，當中包括把中環街市委託市建局進行活化。市建局希望將街市變成城中綠洲，在保留舊建築之餘，提供更多綠化空閒讓市民享用。

隨後，市建局展開了一系列的公眾參與活動，並提供四個不同的保育方案供社會人士討論。四方案之一的「漂浮綠洲」，由筆者與建築師團隊所設計，建議在加固原有結構之外，更在原建築物上加建一層「漂浮空間」以增加可用面積和提供更多綠化空間。這個新舊兼容的方案最受市民歡迎。於是市建局便以該方案作為藍本，進行保育計劃。

二零一一年底，我們獲聘為項目總建築師，更與國際著名日本建築師磯崎新一起展開工作。可惜卻遇上重重障礙。

活化項目要先經城規會批准，再交屋宇署審批。不過，還未入圖則，便因有發展商就《中區分區計劃大綱圖》的修訂進行司法覆核，全區申請項目遭凍結，直到二

零一三年才解凍。一三年五月，「漂浮綠洲」方案正式向城規會申請審批，並在中環街市展出設計。「漂浮綠洲」獲城規會批准後，又有市民入稟司法覆核要求推翻決定，令項目遲遲未能向屋宇署申請審批。

項目得到屋宇署批准，已經是二零一四年底的事情了。

幾經艱辛，以為工程終可開動，卻聽聞地政總署要求市建局應以市值租金計算補地價。

中環街市是政府建議「保育中環」項目之一而非商業項目，早就向外説明不會建商場。如今政府卻要以市值租金補地價，明顯是前後矛盾。如果這樣做，財政上根本不可行。

項目一直拖延，一方面令建築預算上升，再加上市建局及政府上層換了幾個人，完全看不出誰有為原訂計劃堅守初衷和克服困難的決心。二零一五年，市建局最終宣佈放棄建築費用達十五億的「漂浮綠洲」，改用「簡約版」方法進行保育活化。這一刻，「漂浮綠洲」正式宣告胎死腹中。

這戲劇性的轉變，令一切都要從頭再來。大家白白虛耗了四年的光陰。令人失望的是，磯崎新在二零一九年以八十八歲高齡獲得普立茲克獎的榮譽，卻無緣在香港豎立自己的作品。

縱然失望，團隊仍是沉着氣，一步一步的走下去。從城規會開始，再到屋宇署。

在新的方案中，中環街市的「特徵定義元素」仍然保存，包括外牆的橫向窗戶和簷篷，室內的水磨石樓梯和光井，柱網結構和個別的攤檔結構。至於面向德輔道中的立

漂浮綠洲. 新市集.

UFO {URBAN FLOATING OASIS} & THE NEW MARKETPLACE

Jogging Track 跑步徑
R/F Organic Farm 有機農莊

4/F Swimming Pool, Gym Center 室內泳池及健身中心

3/F Flexible Event Space, Food & Beverages 多用途活動空間及餐飲

2/F Exhibition Gallery 展覽展廊

1/F Small Scale Stores & Cultural Products 綠色小型商店及文化產品

G/F Organic Market & Dai Pai Dong / Restaurant 有機市集及大排檔 / 食肆

Ample Green Spaces 大量綠化空間

Organic Farm

Dai Pai Dong/ Restaurants 大排檔/食肆

Recreation & Events 康樂及表演遊活

Small Scale Shops 小型商舖

Grand Staircase 大樓梯

Organic Market 有機市集

Exhibition Gallery 藝廊

Swimming Pool 游泳池

Adaptive Reuse 活化再利用

Low Carbon Design 低碳環保設計

Natural Lighting Strategies
天然光設計

Natural Ventilation Strategies
天然通風設計

AGC DESIGN
創智建築師有限

新舊兼容 啟發創意！

Usage Distribution
用途分佈

Sectional Perspective 剖面透視圖

Sectional Perspective 剖面透視圖

■ 二零一一年，市建局邀請了四家建築師樓提出不同的保育方案，並徵詢公眾對各方案的意見，其中由筆者和 AGC Design 團隊設計的「漂浮綠洲」方案獲得最多市民支持。

面，在九十年代興建行人天橋時已被拆卸重建，因此將會被透明玻璃立面取代，以增加大樓的視覺通透性。

另外，面向皇后大道中的公廁會改建為入口廣場，連同街市內的中庭，共提供一千平方米的休憩空間。

由於現有結構承托力有限，無法負荷天台種植，令屋頂未能提供綠化和額外的休憩空間。

新的方案已在二零一六年中獲城規會通過，同年底亦得到屋宇署批准。可喜的是，這趟地政總署決定以象徵式地價批地與市建局，清除了最後的障礙。

市建局在二零一七年十月正式從政府接手中環街市，開始保育及活化工程。第一階段工程預計在二零二零年第四季完成。

面對重重困難，我們團隊仍會不斷努力，讓市民可以盡快享用這滿載回憶的歷史建築。

（原文寫在二零一七年三月，於二零二零年七月修訂。）

■ 中環街市最終活化方案，德輔道中入口設計圖。

■中環街市最終活化方案，皇后大道中入口設計圖。

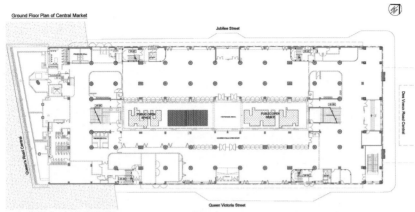

■ 中環街市地下平面圖

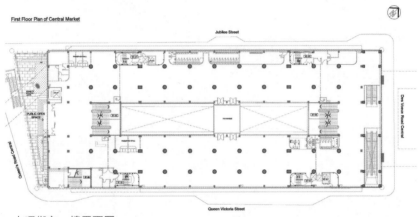

■ 中環街市一樓平面圖

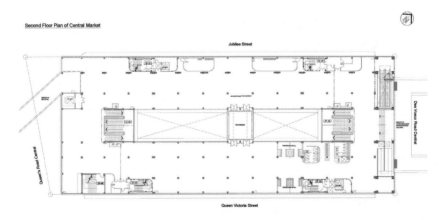

■ 中環街市二樓平面圖

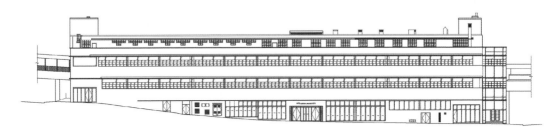

■ 中環街市域多利皇后街立面圖

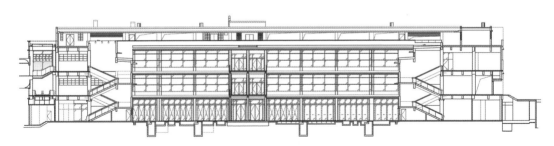

■ 中環街市剖面圖

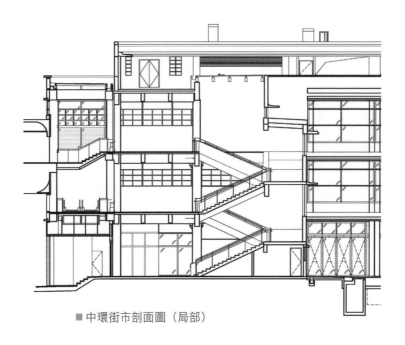

■ 中環街市剖面圖（局部）

■ 復修後的中環街市。原來的光井位置變成了中庭
　園林供人作休憩用途。

轉移地積比率，保育皇都戲院

在寸金尺土的香港，歷史建築保育問題一直以來都是民間爭議的焦點，另一方面，則是政府的燙手山芋，尤其當建築物坐落於私人土地上。發展商為了商業利益，把具保育價值的舊樓宇拆掉而重建新樓，這種情況，屢見不鮮。

二零零七年，景賢里被業主毀容，險消失於推土機下。後來政府以換地方法解決，接過這歷史建築，才令這座具中國古典建築特色的樓宇得以保存，並加入「活化歷史建築夥伴計劃」之中。不過，往後的何東花園和同德押舊唐樓，縱使民間極力爭取保存，但由於政府並未有一套完整的保育政策，最終亦難逃被拆的厄運。大家只好眼巴巴地看着一座又一座的歷史建築從城中灰飛煙滅。

近年，位處北角的皇都戲院，亦曾面對清拆危機。當地段物業被財團逐一收購，重建工程如箭在弦之際，有民間組織為了保存這幢設計獨一無二的建築物而舉辦導賞團，帶領市民認識該建築物；又發起聯署運動；更請來知名人士拍攝短片；並要求古物諮詢委員會把戲院評級提升為一級歷史建築；出盡辦法，希望把皇都戲院保存下來。

皇都戲院建成於一九五二年，初時名為璇宮戲院，由建築師 G.W. Grey 設計，一九五九年易名為皇都戲院。建築物的外形非常獨特，屋頂上出現一組外露而層次鮮明的拋物線圓拱形鋼筋混凝土結構。這種從上吊起的屋頂結構，可令戲院內部沒有柱子的遮擋。也有稱該設計受蘇維埃現代主義 (Soviet Modernism) 所影響，當年算是一種前衛的設計。樓高三層的戲院，全院包括大堂和超等共有千多個座位，地下是停車場，外牆呈裝飾藝術風格。外牆上

還有一幅出自中國名畫家梅與天手筆，糅合了中國、東南亞及西方藝術，題為「嬋迷董卓」的大型浮雕。

這座反映當年工程技術的建築物，為香港罕見，別具保育價值。

問題是，在現行制度下，古諮會作為歷史建築的評級機構，只能把建築物評定級別，以一級為最高，其次為二、三級。但古諮會並無法定權力強制業主保存任何建築物。留與不留，最終仍是由業主作主。

由於重建後的樓面面積往往比原來建築物的高得多，業主為了商業利益，豈會放棄重建賺錢的機會？因此要把戲院保留，便要為業主提供足夠保育誘因。筆者認為，在皇都戲院的情況下，轉移地積比率是個可行的辦法。

轉移地積比率的概念，就是把要保存的歷史建築所在的發展潛力(或剩餘地積比率)轉移到相鄰的土地上。舉例說，倘若拆掉原來樓宇與重建後的樓宇的樓面面積差額是一萬平方米，該等面積便可以額外加在相鄰地盤的可建樓面面積之上。

■ 皇都戲院屋頂的拋物線圓拱形鋼筋混凝土結構，
可令戲院室內沒有柱子遮擋視線。

■ 建成於一九五二年的皇都戲院屬一級歷史建築。二零二零年，發展商宣佈重建項目會
把該建築物保存並活化。

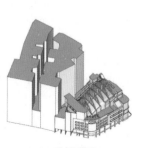
皇都戲院

拆御重建

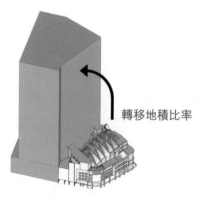
轉移地積比率

保留皇都戲院

■ 皇都戲院地塊重建轉移地積比率的概念圖

灣仔和昌大押和旺角中電公司鐘樓得以成功保留，皆因其潛在發展面積被轉移到隔鄰的重建地盤中。

皇都戲院所在地皮，其實是包括了南面臨近英皇道的戲院和北面臨近渣華道的商住樓宇，後者並非歷史建築，並沒有保留價值。故此，政府可與發展商商議，要求發展商在重建範圍內只能拆卸皇都戲院以外的建築物，再把戲院地段剩餘的發展潛力加在拆卸後的北面地段內。此舉既可保存具建築特色的皇都戲院，而發展商亦可盡用地盤的發展潛力，是個雙贏方法，

當然，在這大原則之下，還有不少細節和技術問題需要解決，有賴相關政府部門配合。例如規劃署和城規會須適量放寬高度限制，屋宇署須放寬平台高度等，目的就是協調保育與發展並存的可行性。

若然有關部門一成不變，便難以成全這個有條件做到新舊兼容的項目了。二零二零年，發展商宣佈重建項目會把皇都戲院保存並活化。

（原文寫在二零一六年十月）

6

境外散策

大英博物館——天篷下的活潑空間

遊覽倫敦，大英博物館是必到之選。其實，筆者在一九八二年來過一趟，今次舊地重遊，就是要一睹英國建築師霍朗明（Norman Foster）在二零零零年加建的巨型玻璃天篷。

霍朗明可能是香港人最熟悉的世界級建築師，他在香港的作品有香港滙豐銀行總行、赤鱲角香港國際機場和紅磡的九龍車站（今港鐵紅磡站）。今天西九文化區的總體規劃原也是出自他的手筆。還記得，二零零一年的西九文化區舉行設計比賽，他以天篷把半個西九覆蓋，這大膽獨特的設計贏得獎項。後來因為有關西九發展的種種爭議，項目被迫推倒重來，天篷方案胎死腹中。

原來，霍朗明的天篷構想，早在一九九四年萌生。

位處倫敦市中心的大英博物館由建築師羅伯特‧斯默克（Sir Robert Smirke）設計，屬十九世紀盛行的新古典主義建築。外牆上的柱廊和三角形屋頂都是仿效古希臘的建築式樣設計。建築物於一八二三年開始興建，用了二十四年才建成。從建築物的平面可見，東南西北四翼圍着一個面積達八千平方米的長方形庭園。博物館建成不久已迅速不敷應用，在一八五七年，建築師的弟弟薛尼（Sydney）再在庭園中央加建了一座拱頂的圓形閱覽室。

直到上世紀九十年代，當局計劃把閱覽室藏品遷往新建的圖書館大樓，並為大英博物館進行擴建，一九九四年便舉辦建築設計比賽徵集設計。

要在一座有一百五十年歷史的古建築進行加建，實在是個難題。由於博物館是受保護古蹟，建築物既不能增高，又不可以拆掉重建；在旁邊興建又會破壞原建築的觀

■ 大英博物館由建築師羅伯特・斯默克設計，屬十九世紀盛行的新古典主義建築。

■ 在一八五七年，建築師的弟弟薛尼再在庭園中央加建了一座拱頂的圓形閱覽室。

感。霍朗明便想出了妙計，向中間的庭園打主意。他在中庭地底加建額外教育設施和演講室，再把庭園以玻璃天幕覆蓋，增加了室內的空間。其實，他的大中庭（The Great Court）方案與貝聿銘在巴黎羅浮宮的玻璃金字塔如出一轍。他最終從過百參賽者中脫穎而出，成為該項目的建築師。

這個下午，再次走進闊別三十多年的大英博物館，感覺果然是耳目一新。當年蒼老昏暗的感覺一掃而空。經過正門的大廣場，穿過門廊，前面出現的就是這個被天篷覆蓋着的偌大的中庭。眼前的圓形建築物原來就是已屹立過百年的閱覽室。建築師卻在外牆上鋪上白色的石灰岩，令充滿自然光的空間更顯光猛明亮。抬頭所見便是那聞名不如見面的巨大拱形天篷。

天篷由輕巧的鋼架和玻璃建造，共用了 3,312 塊不一樣的三角形玻璃組成。拱形的結構令中庭沒有半根柱子，支撐天篷的柱子都埋藏在閱覽室外圍的石灰岩背後。玻璃屋頂把原來的庭院覆蓋，令位處中庭四周的展館四通八達，使參觀者更方便直接地經過中庭到達要到的展館。

就算不看展館，單在天篷下遊走已是一大樂趣。這天天朗氣清，陽光穿過屋頂灑在地上，又把天篷的弧形線條映照在潔白的牆壁上，形成一幅美麗多變的圖畫。你更可以沿着閱覽室兩旁的弧形樓梯徐徐登上高處，以不同角度欣賞這充滿活力的公共空間。

霍朗明成功地以創意令老舊建築蛻變，用新元素為博物館注入了新的生命力，成為活化古建築的典範。再者，大英博物館是免費入場的，因此大中庭便成為了倫敦城市中的大廳，一個人人可享、朝氣蓬勃的公共空間。

身處在這重拾生命力的城市空間，筆者難免有所感慨：「香港人的保育概念，就只有『原汁原味』的獨沽一味。」

（寫於二零一五年七月）

■ 霍朗明以玻璃天篷把原來的庭院覆蓋，
令它變成光猛明亮的室內公共空間。

■ 外牆上的柱廊和三角形屋頂都是仿效古希
臘的建築式樣設計，與新加建的玻璃天篷
造成了新與舊的完美結合。

境外散策

泰晤士南岸河濱散步

　　離開博羅市場 (Borough Market)，不經不覺來到泰晤士河濱。

　　倫敦人都愛在河濱散步。這個下午，河濱的人潮絡繹不絕。隨處可見途人三五成群地倚着欄杆閒坐談天。

　　倫敦泰晤士河兩岸由多道天橋連接。沿着河濱自西向東走，眼前出現的是千禧橋 (Millennium Bridge)。橋的北岸是市中心的聖保羅教堂，南岸就是泰特現代藝術館 (Tate Modern)。這道修長而優美的行人天橋，把兩座建於不同年代的地標建築連繫起來。

　　泰特現代藝術館是由一座發電站 (Bankside Power Station) 改建而成。發電站建成於一九六三年，由建築師賈爾斯‧吉伯特‧史考特 (Sir Giles Gilbert Scott) 設計。長方形的巨大建築物以褐色泥磚作外牆，最矚目的當然是那座高聳入雲的煙囪。發電站在一九八一年停用後，當局建議把建築物改造成藝術館，還舉行了建築設計比賽遴選建築師。在一九九五年，來自瑞士的建築師赫佐格和德默隆 (Herzog & De Meuron) 在比賽中脫穎而出，成為該項目的建築師。當年參賽的都是世界各地鼎鼎大名的建築師，當中包括日本的安藤忠雄 (Tadao Ando)、荷蘭的雷姆‧庫哈斯 (Rem Koolhaas)、意大利的倫佐‧皮亞諾 (Renzo Piano) 及西班牙的洛菲爾‧莫內歐 (Rafael Moneo) 等。

　　建築師把具工業建築特色的老電站活化，在屋頂加了一個兩層高的玻璃盒子，讓橫向的盒子與垂直的煙囪形成有趣的對比。他又把地面的渦輪車間 (Turbine Hall) 變成有三十五米高樓底的大型展覽場地。泰特現代藝術館的改

■ 泰晤士河南岸的泰特現代藝術館由一座舊發電站改建而成。舊建築上端的玻璃加建部份由赫佐格和德默隆設計。

造工程，成為舊建築「活化再利用」的典範。

藝術館的頂層是個餐廳，在這裏可以透過玻璃窗牆，從高處眺望泰晤士河北岸的天際線，千禧橋另一端圓拱頂的聖保羅教堂和在橋上熙來攘往的遊人。

泰晤士河南岸本來是個破落蕭條的地區，千禧橋和泰特現代藝術館在二千年開幕後，再加上市政府積極把當區活化，在周邊發展文化和藝術設施，今天的南岸已搖身一變成為一個充滿活力且深受本地人和旅客歡迎的地方。

南岸的景點多不勝數，沿着河濱長廊散步，還可遇上不少街頭表演者，吸引途人駐足觀賞。筆者發現，南岸長廊對街頭表演是有管制的。表演要在長廊上特定的地點進行，地上劃有圓圈，有分為靜態表演和音樂表演的。為使藝術家有均等的機會一展所長，佔用表演區也有時間的限制，一般是二小時，時間一到便要讓座與在旁邊輪候的表演者。

南岸能夠成為一個富吸引力的河濱區，原因就是交通暢達並擁有豐富多元的設施和活動。河濱長廊與市區緊密連繫，除了陸路接駁，也有碼頭讓小輪泊岸。博物館、劇場、音樂廳等文化設施就在長廊旁邊。此外還有大量露天餐廳和酒吧，讓遊人一面進餐嘆咖啡、喝啤酒，一面欣賞河岸美景和熙熙攘攘的途人。在這裏，除了靜態的草坪樹蔭和座椅外，還有美食車售賣雪糕、飲品和小吃，遊人可以席地而坐，談天說地，吃着雪糕看風景，好不寫意。

走在河濱，還發現橋底有個舊書售賣區，國家劇院旁邊還有個滿牆塗鴉的踩滑板區。為了讓遊人能近距離接觸水面，河岸還設有深受孩童喜愛的沙灘。

走着走着，不經不覺，來到一個人如潮湧的地方。巨型摩天輪倫敦眼（The London Eye）就在前面，旁邊還有個遊樂場。

眼前的景象，倒令我想起中環新海濱的小型摩天輪和「翻生」荔園。

要維港海濱朝氣蓬勃，泰晤士河南岸實在是個不錯的學習對象。

（原文寫於二零一五年十一月）

■ 遊人都愛在沒有欄杆的梯級上，近距離親近河水。

■巨型摩天輪倫敦眼豎立於泰晤士河濱,吸引了成千上萬的遊人來到南岸地區。

■河濱上寬闊的石壆可以用作
座椅,方便遊人歇息。

境外散策

市區更新——向東京「表參道山」學習

今天的東京青山區表參道，是時裝名牌旗艦店林立的購物大道。寬闊的街道兩旁種滿隨着四季變化的欅樹。重建後的新樓都變成由世界建築大師設計的地標性建築，有赫佐格和德默隆的 Prada，MVRDV 的 Chanel 和 Bulgari，還有伊東豐雄的 Tod's 與妹島和世的 Dior，可觀性極高。不過為免新樓愈建愈高，影響了街道的景觀，東京政府規定表參道所有新建築的高度限制為三十米，正好與兩旁的欅樹高度相若。

同潤會青山公寓，建成於一九二七年，是東京最早期的現代化公寓建築群。有別於傳統日式木建築，公寓屬西式設計，以鋼筋混凝土作結構，樓高三層，地面是商舖，樓上是住宅。倒有點像香港的舊唐樓。

同潤會青山公寓要重建，變成「表參道山」(Omotosando Hills) 項目，發展商森大廈株式會社 (Mori Building) 找來建築大師安藤忠雄負責設計。雖然安藤忠雄極力主張保存這些住宅，為社區留下記憶；可惜因為結構問題，一排二百五十米長並具歷史價值的建築最終仍難逃被清拆的厄運。

接下來的問題是，原住客往何處去？建築師又如何設計一個既與環境協調及保存舊有記憶，又符合市區更新需要的建築方案？

修長而狹窄的地形，難不到安藤。表參道山六層高面積近一萬平方米的商場，三層在地面，三層在地底，中庭貫穿各樓層，讓自然光從上空的天窗照到底層。各層樓面以螺旋形的斜坡連接，斜路的坡度又正好與微斜的表參道行人路相等，遊人不用經電梯便可到達各層商舖。

■ 表參道山按原來的式樣及
尺寸複製了舊有的三層高
舊建築，以保留原有的地
方記憶。

■ 為了保存街道景觀，表參道山的發展高度限制
在三十米，與路旁的櫸樹高度相若。

不過，這始終是個商場，面向表參道的外牆晚間變成七彩繽紛的「彩燈牆」，室內充斥商品廣告，還有大型水晶燈，氣氛難免過份商業化；與安藤一貫充滿禪意，單以清水混凝土作物料的簡約風格比較，實在有天淵之別。

較有安藤風格的，反而是建築物的背面。可見不經修飾的清水混凝土牆壁互相穿插，外牆上還有垂直綠化。

商場樓層以上的最高兩層是住宅，每個單位約八十平方米，天台則種滿植物。原來，舊屋的住客都回來了。從全國市街地再開發協會的福島孝治得知，受重建影響的八十八個住戶，有七十四戶搬回來。

「有人以樓換樓，有人以舖換舖，也有人以樓換舖。」福島説。舊樓的業主可共同擁有商場的業權，但不可自由買賣。只有在商場以外的商舖才可以自由買賣。

為了保存原有地方記憶，建築師「保留」了東南面的三幢舊樓。經筆者反覆查證，發覺那其實是照原來的舊樓式樣複製，舊樓的樓梯和門窗也按原來的比例尺寸建造。沿樓梯拾級而上，左右兩面是商舖，前面是把舊樓與商場連接的小橋。

喜歡安藤建築的，未必會喜歡過度商業化的表參道山。不過從市區更新的角度看，又有值得學習的地方。

政府關注城市設計，訂下高度限制確保原有地區景觀不受破壞。發展商要加建額外面積，唯有向地底發展。重建項目財政上可行之餘，又保存了街道景觀，可謂一舉兩得。

原業主可參與重建項目，與發展商組成合作組織（神宮前四丁目市街地再開發組合），重建完成可選擇返回原地居住，且擁有業權，分享重建的成果。

反觀香港，卻只有「收錢走人」的選擇。舊區重建後換來屏風高樓，又令社區網絡盡失。舊區進駐另一批住客，原居民便沒有份了。

（原文寫於二零零九年二月）

■ 從馬路對面望向表參道
山，新建築與舊公寓比例
互相呼應。

■ 表參道山的背面，安藤忠雄以不經修飾的清水混凝
土牆壁互相穿插。

布里昂墓園探秘

　　到歐洲旅遊看建築，尋找世界建築大師的作品，離不開參觀教堂博物館圖書館。但朝聖走到入墓園，一定是建築發燒友才會做。

　　這趟因出席二零一六年威尼斯雙年展關係，便特意從威尼斯出發，來到距離約五十分鐘車程的威尼托自由堡（Castelfranco Veneto），去參觀那筆者一直慕名已久，由意大利建築師卡羅·斯卡帕（Carlo Scarpa）設計的布里昂家族墓園（Brion-Vega Cemetery）。

　　一九零六年生於意大利威尼斯的斯卡帕，於當地唸建築，卻沒考專業試，所以不能成為名正言順的建築師。不過他的建築風格別樹一幟，在建築界享負盛名。他對建築細節的注重，可謂無人能及。在他設計的建築物中，不論是一面牆壁、一道梯階、一道扶手欄杆、一扇門窗，甚至是鐵閘把手、窗鉸，他都不厭其煩地把無盡細節設計周到。上世紀五六十年代，歐洲正盛行簡約的現代主義建築，主張「形式源於功能」，而且把建築細節標準化。但斯卡帕的建築卻與同時代主流思潮大相逕庭，連最微小的細節也絕不放過，對各種物料的認識和使用更是神乎其技，從而創造出了獨一無二的個人風格。

　　布里昂墓園位於意大利北部小城聖維托（San Vito），要自威尼托自由堡乘巴士前往。在聖維托下車後還要走一段路。前往墓園的路徑是一條又直又長兩旁種滿柏樹的通道，墓園被圍牆圍繞，外面只看見小教堂的屋頂。

　　布里昂墓園面積約二千二百平方米，這成 L 形地塊把一個正方形的聖維托墓園的兩邊包圍。要進入布里昂墓園，便要先穿過聖維托墓園。斯卡帕的圍牆和建築物都以

■ 聖維托墓園盡頭處是一個門廊，踏上門廊的石階，前面牆上出現了可以讓人穿過的兩個相扣圓形的洞門。

不經修飾清水混凝土建造。有別於同樣鍾情於清水混凝土的安藤忠雄，他以不經打磨的長條木板作模具，除模後混凝土便印上木紋的粗糙感。

斯卡帕的建築細節極為個人化，更有自成一格的設計語言和符號，例如鋸齒形的圖案和相扣的圓形等，令人一看便知是其作品。聖維托墓園盡頭處是一個門廊，踏上門廊的石階，前面牆上出現了可以讓人穿過的兩個相扣圓形的洞門，洞門的邊緣是以威尼斯建築常見的彩色紙皮石鋪砌，與旁邊粗糙的混凝土形成強烈的對比。穿過洞門，眼前一片開揚，這裏是個大草坪。斯卡帕把草坪的地面升高，遊人便可看見墓園圍牆以外的景色。

草坪右面是個偌大的荷花池，斯卡帕在墓園內加入水的元素，象徵「生命之源」，為墓地注入活力。水池連接地面的一道以混凝土建成的小溪澗，一直連接到左面的一個圓形沉降式小廣場。位於L形地塊轉角處的小廣場就是布里昂夫婦的墓地。墳墓是用黑白兩種石塊建造，石面上亦重複出現斯卡帕標誌性的鋸齒形圖案，在陽光下產生強烈的光影效果。特別的是，兩個墳墓並非平行並排，而是

■ 墓園內的兩個相扣圓形符號

側面成平行四邊形，彼此向對方傾斜，建築師說這是代表夫婦之間的愛。墳墓上端還有一道弧形拱橋，保護墳墓免受風吹雨打。

從圓形小廣場再拐個彎，向進園的相反方向走，穿過另一道圍牆，走過窄長的走廊，再經過一道有如中國園林般的月亮門，便來到一座供葬禮用的小教堂。教堂建在水池中間，室外的光線和水影透過窄長的落地窗戶引進室內，屋頂還有一道天窗把陽光映照在聖壇上，為小教堂帶來一片神秘而寧靜的氣氛。教堂面積不大，感覺只可容納三數十人，但內裏一絲不苟的細部設計便令筆者目不暇給，足以看上半天。

小小墓園從設計到落成，竟用了九年時間。可惜，一九七八年墓園建成，斯卡帕便與世長辭，而他的遺體亦安葬在這墓園中。

（寫於二零一六年八月）

■ 兩個墳墓側面成平行四邊形，彼此向對方傾斜，斯卡帕説這是代表布里昂夫婦之間的愛。墳墓上端還有一道弧形拱橋，保護墳墓免受風吹雨打。

■ 布里昂墓園小教堂室內一景，可見斯卡帕對每一個微小細節的講究。

■ 最後，斯卡帕自己的墳墓亦安放在墓園的一角。

尋找安藤忠雄——直島朝聖之旅

二零零九年的復活節假期，筆者到訪了日本的直島（Naoshima）。

直島，是個怎樣的地方？莫說對香港人來說感到陌生，連日本人也未必知曉。

直島位處日本瀨戶內海中，是一個人口只有三千多人的細小島嶼。筆者從大阪乘搭新幹線往岡山，再轉火車到宇野港，再轉乘四國汽船抵達直島，不能不算是一段舟車勞頓的旅程。

如果說，建築大師弗蘭克·蓋瑞在西班牙畢爾包建了座古根漢博物館，吸引了成千上萬的旅客到訪畢爾包；這一次直島之旅，全因為安藤忠雄。

這個昔日孤寂的小漁村，如今變成了充滿文化藝術氣色的小島，是各地藝術家與建築師朝聖之地。甫登上碼頭，第一眼看見的是草間彌生的雕塑作品，一個比人更高的紅色「南瓜」。

從碼頭再乘酒店專車往入住的貝尼斯旅館（Benesse House），帶領進房間的服務員用有限的英語對我們說：「這個建築物，是由安藤忠雄設計的。」噢，連酒店服務員都懂得安藤忠雄，作為建築師豈會不感動。在我城香港，建築物由誰設計？沒人知。

旅館其實就是設在名為「直島現代美術館」的博物館裏面，做住客的特權，就是在晚間博物館對外關門後，仍可隨意欣賞館內展品。

直島現代美術館，以安藤一貫獨愛，最簡樸原始的建築材料——清水混凝土——建造。純淨單調不經修飾的灰色牆壁，令遊人的注意力都集中於體驗建築空間和陳列

■ 直島岸邊一個碼頭末端放置了草間彌生
的「南瓜」，吸引不少遊人前來「打卡」。

■ 直島現代美術館以清水混凝土建造

其中的展品。館內有個圓柱形的大房間，屋頂上有個圓形
天窗。安藤要創造的，就是有如古羅馬萬神殿般，讓一道
天光投射進室內那戲劇性效果——當光線隨時間變換而產
生不一樣的景象。安藤更以一道弧形的斜坡沿牆邊徐徐而
下，讓遊人以不同角度和高度，欣賞當中的藝術作品。

　　參觀者又可從室內走到室外，欣賞置在戶外的雕塑
作品。在這藝術之島，展品不僅放在博物館內；在碼頭，
在沙灘，在公園，甚至在海邊的峭壁上，都有藝術家的
作品。例如草間彌生的黃色「南瓜」便坐落在旅館附近的
碼頭上，沙灘上還有大竹伸朗的「斷裂的船首」，山坡上
有安藤忠雄的大梯階，梯階底下是沃爾特．德．瑪利亞
（Walter De Maria）名為「seen/unseen known/unknown」的
作品。當藝術品與大自然融合一起，旅客在大自然美景中
漫步的同時，又可欣賞藝術家創意之作。

　　直島的 Art House Project，又是另一番體驗。

　　這計劃是把本村（Honmura）這個民居滿佈的老村落
當中七座建築物，邀聘建築師和藝術家進駐，把舊屋重新
裝置變成展館。參觀者買下門票，便可隨意參觀展品了。

　　自旅館乘車來到本村港，車子停在一個小街舖門前。

■ 貝尼斯旅館由
安藤忠雄設計

正當躊躇着往哪裏購買參觀展品的入場券，始發現眼前的香煙檔，竟然就是買門票的地方。

買了票，參觀者便各自拿着地圖，有如尋寶般在村內狹窄的街道間穿梭，很是有趣。七件作品中，又少不了由安藤親自操刀的「南寺」。

破舊丟空的老房子，不用遷拆重建，反變成藝術館，零散地分佈在村落裏，吸引了不少遊客到訪。舊區居民無須遷出，保存原來的生活模式；藝術裝置既可吸引遊客，更可推動本土經濟，增加就業機會；參觀者又可體驗當地的地區文化和居民的生活環境。就是這樣，文化藝術與本土生活天衣無縫地結合起來，讓本來老化的村莊，頓時變得朝氣蓬勃，且充滿藝術氣息。

至少那個賣門票的煙檔阿伯，一定不愁沒生意。

不禁想起了我們那種「推土機式」的舊區更新，想起了我城那創造地標的文化區……

黃昏時分，回到旅館那沒有電視機的房間，走出那寬敞偌大的陽台，在座椅上發呆了。眼前就是安藤忠雄所説最美麗的海景，只見在藍色無雲的天空下，是個平靜如鏡的海面；不遠處的山丘上，隱約看見安藤的另一件建築傑作——地中美術館。

（原文寫於二零零九年）

■ 直島本村巴士站前的煙草店，遊客可以在此購買 Art House Project 的門票。

■ 遊人可在本村街道中穿梭，在滿佈古舊村屋的村落中尋找 Art House Project 的展品。

■ 美術館位於貝尼斯旅館內，住宿者可以二十四小時欣賞館內展品。

■ 旅館房間面向瀨戶內海風景，同由安藤設計的地中美術館就在對面的山坡當中。

■ Art House Project 展館之一的「南寺」由安藤忠雄設計

地中美術館——建築與藝術的結合

離直島現代美術館不遠處的山丘上，安藤忠雄設計了一所前所未有的美術館。

當建築大師們都把美術館建成地標，安藤卻背道而馳，把地中美術館建在地底，為的是讓建築與大自然融合。

若把到訪地中美術館說成是筆者一個一生難忘的體驗，實在一點也不誇張。

旅館的車子來到美術館的售票處，原來售票處和美術館是分開的。

售票處的職員們都穿上一身如實驗室的白色制服，向筆者小心翼翼的講解：「由於建築物本身也是展品，你們不可以拍照，也不可以速寫。」嘩，很嚴格呀！不可攝影尚可以理解，連用筆速寫也不准，實在聞所未聞。是開玩笑吧？不過，看見職員的一臉認真模樣，也只好唯命是從，把相機和筆記簿都鎖進貯物櫃去。

美術館在山丘上，要到美術館便要走過一條山路，路邊是個叫「地中花園」的地方。中間是個小池塘，一片片的荷葉浮在水面，周邊種滿百多種七彩繽紛的花草，當然也少不了正在盛放的櫻花樹。聽說是安藤忠雄特意重塑印象派畫家莫奈 (Claude Monet) 名畫《睡蓮》當中的意境。

終於抵達美術館正門——一幅清水混凝土牆壁中的一個缺口。走進去，是一條幽暗的通道。

不准拍照，不准速寫，令筆者兩手空空，只好用全身的感覺去體驗這空間的奧秘。在通道的盡頭處是一線光，屏氣凝神以緩慢的腳步往前走，發現光就是由一個正方形的中庭滲透進來。走向中庭，一道窄長梯階緊貼四面牆壁

拾級而上，圍繞着正方形走到頂層，又是一條窄長的走廊。這一趟，是通天的。

　　美術館既是建在地底，因此唯一的光源就是從上空而來。參觀者亦別無他選，唯一的方向，就是向前走。

　　這段安藤忠雄匠心獨運穿梭黑暗與光明的旅程，藉此令參觀者淨化心靈，充滿期待地迎接展品的出現。噢，不對，整個建築空間的體驗，不也是展品的一部份嗎？

　　要看展品，還要走過一個三角形的中庭。經過光的洗禮，又進入了一個昏暗空間。

　　另一個穿上白色制服的館員出現：「請脫去鞋子。」又是甚麼玩意？還是照做。穿過大門，進入了一個白色的空間。足下是個凹凸不平的地面，原來是由一顆顆像方糖大小般但圓潤的白色大理石塊砌成。不禁驚嘆，安藤要以建築觸動感官，還包括腳板底。不過，展品還未出現，這只是個準備空間。

■ 直島地中美術館的主入口

沉住氣息再往前走，穿過另一扇門，忽然眼前一亮，來到一個正方形的空間，一道柔和的天光從屋頂透射進室內。細看天花板上竟然沒有半點燈光，原來建築師完全依靠天然光照亮這個空間。莫奈四幅大小各異的「睡蓮」分別掛在四面牆壁上，畫中的景象竟然似曾相識。終於明白，原來進美術館前經過的荷花池，又是安藤的悉心安排。

美術館最底層是個十米乘二十四米長方形的空間，展出沃爾特‧德‧瑪利亞的作品。房間整個地面就是一道微斜的大梯階，中央放置了一個兩米直徑的花崗岩球體。安藤讓天然光線從四面牆壁的上空和中間的一扇窄長的天窗照進室內。當光和影隨日間不同時間刻劃在不經修飾的清水混凝土牆上，當天窗的倒影反射在磨光的球體上，整個空間便成為一個千變萬化的立體畫像。參觀者又可在梯階自由走動，以不同角度欣賞展品。經過安藤巧妙的設計，這個有如教堂般神聖的空間便成為藝術品的一部份。

館內還有三件詹姆斯‧特瑞爾 (James Turrell) 以光為主題的作品，因篇幅所限，不能一一盡列了。

來到餐廳，眼前是一幅不見窗框的落地大玻璃。這是整個美術館唯一接觸外間的立面，窗外出現了最美麗的瀨戶內海景色。餐廳外面是個露天茶座，在這裏，可以寫意地一面喝咖啡，一面在微風中欣賞直島藍天碧海的恬靜景致。

置身這被認為是安藤忠雄登峰造極之作，不禁思潮起伏。想起了令人感動的建築空間，想起了建築與藝術的結合——地中美術館的特色，是先有藝術品，再由建築師與藝術家合作，特地為藝術品而設計建築空間。

我們在西九，要建個 M+ 博物館，內裏的展品又是甚麼？

（原文寫於二零零九年）

■ 地中美術館的售票處

■ 從售票處到主入口的途中，經過以印象派畫家莫奈名畫作靈感的蓮花池。

妹島和世的低調與溫柔

西九 M+ 博物館設計比賽塵埃落定，評審團從六隊建築師隊伍中，選出了瑞士建築師赫佐格和德默隆的作品。筆者跟日本建築師妹島和世 (Kazuyo Sejima) 的團隊，是參賽隊伍之一，卻不敵赫佐格而落選了。

安藤忠雄曾說過：「建築競圖比賽是一場極可怕的戰事，就像用自己的想法去打仗。」但最終只有一個冠軍，得第二也沒用。「不管傾注多少心力，如果輸了，一切都歸零。」事實上，世界級建築大師在不同比賽中互相較量常有發生，且各有勝負。在二零零五年，妹島和世與西澤立衛 (SANAA) 便在瑞士洛桑的勞力士教學中心 (Rolex Learning Centre) 競圖比賽中擊退主場的赫佐格，成為該校園項目的建築師。

該教學中心在二零一零年落成，同年，妹島與西澤立衛共同成立的建築事務所 (SANAA) 便獲頒有建築界諾貝爾獎之稱的普立茲克大獎，令兩人在國際建築界聲名大噪，世界級項目的委託接踵而來。

筆者對上一次親身探索妹島的作品，是在二零一三年初到日本金澤二十一世紀美術館 (建成於二零零四年)，深深感受到妹島那尊重大自然的態度，以低調溫柔的建築與大自然融合，設計簡約但充滿童趣。

同年七月，筆者從北歐來到瑞士，繼續我的建築朝聖之旅，目的地就是位處瑞士洛桑聯邦理工學院 (Ecole Polytechnique Federale de Lausanne) 校園內的勞力士教學中心。

從洛桑火車總站轉乘 M1 線地鐵，不到十五分鐘車程，便到達了聯邦理工校園。穿過由低矮建築物組成的校

園，來到一片大草地，草地前面便是這幢一層高以落地玻璃作外牆的教學中心。一看便知，這就是妹島繼金澤二十一世紀美術館之後的作品。

金澤美術館「外圓內方」。即是平面呈圓形，圓周內是十多個高低不同的方盒子，並有四個正方形的光井。洛桑的教學中心卻剛好相反，是「外方內圓」。平面是個長 175.5 米，闊 121.5 米的長方形，中間卻隨意地散落了許多大小不一的圓形和花生形的光井，看來就像一大片穿了洞的「厚芝士」。與別不同的是，這片「厚芝士」不是扁平地緊貼地面，而是彎彎曲曲的有如波浪般高低起伏，造成了有趣而多變的空間效果。

建築物內的設施有圖書館、演講廳、語言中心，也有閱讀的地方。除此之外，還有咖啡座和餐廳。特別的是，除了幾個用透明玻璃圍封的會議室外，各設施之間沒有牆壁的阻隔。

走進室內，眼前是一個偌大的開放式空間，天花是清一色的白，地面鋪上淡灰色的地毯。流動式的設計，令整個地面有如一片高低起伏的大草原，讓室內遊人自由地有如在山坡上下走動。天花跟地面一樣，也成波浪形。再加上包圍圓形天井的弧形落地玻璃窗，令整個空間有如一幅由無數曲線構成的圖畫。

筆者獨個兒在緩緩的斜坡上遊

■ 妹島和世與西澤立衛的香港西九文化區 M+ 博物館的參賽作品，以不同大小的立方體組成。

■ 妹島和世（右二）在二零一三年來香港，與筆者（右一）合作參加西九文化區 M+ 博物館設計比賽。

■ SANAA 在東京的辦事處，放滿了設計過程中的研究模型。

■ 金澤二十一世紀美
術館以圓形玻璃外
牆包圍着不同高低
大小的立方體

走，看着時而上山時而下山的途人，斜坡地面不經意地散
落幾個彩色的沙包座椅供人躺臥，有人更索性躺在地上閱
讀和睡覺。「誰說學習環境一定是嚴肅的？」

　　令人驚嘆的是，雖然這裏是開放式的，沒有房間，但
卻異常寧靜。我想：「人在這裏也不會高聲談話吧。」走
到高處，坐在山坡的地上，窗外的翠綠山巒和湖泊景致盡
入眼簾。筆者一再感受，大自然就是這樣的親近。「對，
妹島筆下的建築，就是讓建築與大自然無縫的融合。」

　　回到室外，地面就是公共空間，佈滿了彩色的休閒座
椅。圓形的光井變作了庭園，大庭園中間還放了幾件彩色
的雕塑。建築物內浮起的地板變成了地面空間那波浪形的
屋頂。天上的光線從光井透進地面，又從地面反射到清水
混凝土造的天花板，感覺很震撼。

　　走在漂浮屋底下的地面，從微彎的屋頂空隙又可窺
探外面的美麗風景。此刻，筆者愕住了。「究竟自己是在
室內還是室外？忽然都搞不清了。」隨即在面書上留下一
句：「妹島，妳實在把我融掉了。」

（原文寫於二零一三年八月）

■ 妹島和世在犬島的玻璃屋

■ 瑞士洛桑勞力士教學中心的波浪形外觀

■ 勞力士教學中心地面上的半室外空間

■ 妹島擅長以輕巧簡約的物料創造出別具詩意的空間

■ 勞力士教學中心室內的閱讀空間。妹島以圓形的光井把天然光帶進室內。

東大門設計廣場──「來自星星」的建築

　　近年，香港掀起一股韓風熱潮。不論是韓劇韓星，抑或韓國電子產品，都深受港人愛戴；亦吸引了不少人到韓國旅遊，感受當地風土人情。二零一五年的復活節假期，筆者到了首爾。目的？還是看建築。

　　二零一四年三月，由英國女建築師札哈‧哈迪德設計，筆者作為她合作夥伴的香港理工大學創新樓開幕。(參第四十四至五十三頁) 湊巧地，她在韓國首爾的作品，東大門設計廣場 (Dongdaemun Design Plaza, DDP) 亦在同月開幕了。

　　那幾天，首爾天氣驟晴驟雨，但仍不減筆者「朝聖」的興致。札哈的建築就坐落首爾市中心的東大門，甫步出車站，令人眼前一亮的一座流線形銀白色的巨型建築物就在前方，有如外星人的飛行物體降落地球，又有如瀉在地上的水銀，有人更說它像韓國美食八爪魚。札哈就是愛以流動而不規則的形態，造出從不同角度觀看產生不同的視覺效果。跟香港理大創新樓一樣，就是沒有一條直線。我知道，要建札哈的作品，少點堅持和魄力都不成。

　　東大門設計廣場的地址，本來是個體育館。在二零零七年，政府決定將體育館重置，原址改建為推動韓國設計事業的展覽中心，並舉辦建築設計比賽向全球招聘建築師，比賽最終由札哈突圍而出。建築物由動工到完成，用了五年時間。

　　這幢舉世獨一無二的建築物，樓高四層，並設有三層地庫。設施包括展覽館、博物館、會議中心、設計工作室、設計市集、購物商場、停車場，和可作戶外展覽和包括時裝秀的各項表演用的戶外廣場。建築物還接駁了地鐵

■札哈‧哈迪德的東大門設計廣場建築風格前衛，有如一艘來自外星的飛船降落地球。

站。此外，在設計廣場旁邊，與大樓連成一體的，是個面積達三公頃作為社區休憩用地的歷史文化公園。公園內還展現了不少古蹟文物。由此可見，札哈要處理的，是一件非常複雜的建築。

從外面看，外形圓潤的巨大建築物是沒有窗子的（因此是難以看得出建築物有多少層高）。外牆都鋪上了銀白色的鋁板，還有些是鑽滿小孔的。原來，外牆有直有彎的鋁板總數達四萬五千多件，而且每件都不一樣。要施工，便要利用先進的建築技術，和利用尖端的建築信息模型（Building Information Modelling）輔助設計。

札哈建築的另一特色，就是愛用斜坡把不同空間連接。在這裏，一條斜坡從路面把遊人帶進地鐵站，另一條鋪上綠草的斜坡就把人從地面帶上屋頂；斜坡的圍牆都以清水混凝土建造。遊走在戶外的空間，並沒有特定的路線，你會發現自己不斷穿梭在半室內與室外之間，時而在

境外散策

■ 東大門廣場的
外牆以每塊不
同的鋁板及清
水混凝土建造

路面，時而在天台，時而在沉降於地下的花園，不經不
覺，又被有如時光隧道般的山洞空間包圍着。在這裏，迷
路也像是樂趣。

　　我從屋頂的草坪走進博物館，經過一條螺旋形但不規
則的樓梯。這條樓梯就是把人由四樓帶到地庫二層。我不
走樓梯，走進館內，前面就是一道名為「設計小徑」(Design
Pathway) 的彎曲斜坡，這道螺旋形的斜坡在博物館的外
圍，有如一條絲帶般連接各層不同的空間。整條小徑的天
花、牆壁和地面都是清一色的白。天花上的兩條黑色弧線
便成為鮮明的引路徑。在這好像沒有盡頭的斜坡漫步，走
得倦了，你可到旁邊的咖啡座喝杯咖啡吃件餅，或乾脆在
小徑的椅子稍作休息。走着走着，不經不覺，又從四樓來
到地底了。

　　從室內步出室外，已是日落西山。這時，建築物又展
現了奇特而科幻的場景。建築師利用燈光效果，令建築物
更像正要升空的飛船。鋁板中的小孔就是用來透射一點點
有如天上的星光，與周邊的繁華鬧市形成強烈的對比。

　　不論你是否喜歡札哈的前衛，也不要問建築物與周邊
環境是否協調。總而言之，來到首爾，東大門設計廣場這
座世界級建築肯定是必到之選。

（原文寫於二零一五年四月。）

■ 東大門廣場室內一景,室內
　家具如接待處和座椅都由札
　哈操刀設計。

■ 中庭內的流線
　形樓梯把各樓
　層貫通

境外散策

漫遊清溪川，體驗親水文化

　　每趟外遊，不論到任何城市，走到河岸海濱，探索城市設計，已成為習慣。

　　二零一五年復活節韓國首爾之行，除了欣賞新舊建築外，筆者親臨聞名已久的清溪川，體驗當地的親水文化。

　　清溪川，本來是一條河流，自西至東穿過首爾市中心流入漢江。自朝鮮王朝定都首爾後，居民定居於水路兩旁，清溪川便成為孩童嬉戲、婦女洗濯衣物和建築物排放污水的地方。

　　在上世紀五十年代末，為了解決逐漸衰落的清溪川帶來的污染和環境問題，政府遂用了二十年時間，把河流以混凝土覆蓋。在一九七六年更在上面興建高架公路，令本來盛載着豐富歷史文化和一直作為韓國發展標記的清溪川從此消失，變成了一道暗渠。

　　隨着時間流逝，市民又發現城市的個性和特色日漸減退。另一方面，社會環保意識逐步提高。為了改善環境和推動綠色生活，市長李明博大刀闊斧，在二零零三年七月展開復原清溪川的工程，期望把清溪川回復原狀，並變成以人為本和恢復自然生態的地方。這項極具願景的龐大工程，由開工到完工，只用了兩年三個月時間。二零零五年十月，清溪川正式重見天日。

　　市長李明博在兩年之間把高架道路拆掉，重新挖掘河道，最終把骯髒的水道變成具吸引力的熱門觀光景點。市長的作為，被認為是舉世矚目的壯舉，不少城市規劃師和設計師都紛紛到清溪川取經。

　　今天所見，全長 5.8 公里的清溪川，比兩旁馬路路面低五米。要到清溪川兩岸，可從路面沿梯階或斜路走下。

■ 首爾清溪川位於市中心，河道兩岸充滿自然氣息，岸邊與水體亦沒有欄杆阻隔。

■ 清溪川的不同路段以不同的方式把兩岸連接

而且，每段路都有不同的設計，有較人工的，也有較天然的。河岸設計亦有直有彎，造成活潑多變的形態。

整條清溪川以二十多道通道連接兩岸，有用石頭放在水中鋪成的步道，也有用鐵建成的小橋。要過河，可走過這些通道，不過要小心，因為偶一不慎便會掉進水裏。

河岸兩邊高低不一，有設計成梯級的與水體連接。這些梯級，除了讓人走動外，還可讓遊人在梯級上閒坐歇息。兩岸和水中也種植了不少綠樹和植物，河流中也有魚兒在游泳，雀鳥也到來在此棲息，令清溪川充滿着大自然氣息。另外，河岸旁邊的護土牆上亦展現着本土藝術家的作品。

■ 清溪川全長 5.8 公里，每段都有不同的設計風格。

一直走，發現河岸與水體之間是沒有圍欄的。途人要走進水裏，悉隨專便。那下大雨怎辦？原來在河流兩岸早已貼上告示，下大雨便請遊人沿兩邊的樓梯離開。這又令我想起到處圍欄的香港，一方面說要搞「親水文化」，但另一方面卻偏戒不掉那日益嚴重的「投訴文化」。部門官員和地區議員又老是擔心這樣、擔心那樣，事事裹足不前。「有人跌落水怎辦？」「落雨水浸怎辦？」「有事誰來負責？」結果連屋邨池水都要抽乾，談何親水？

　　近年，筆者到訪過世界各地的海濱城市，例如新加坡；例如北歐的哥本哈根、奧斯陸、斯德哥爾摩、赫爾辛基；又例如首爾這裏，休憩用地岸邊都是沒欄杆的。筆者相信，對於這些城市的市民來說，「走路要小心」，「自己生命自己負責」，都是常識吧。

　　復原清溪川計劃不但改善城市景觀、通風和空氣質素，流動的水體更把地區溫度降低，為密集都市緩解了熱島效應的問題，更為市民提供了一個城市中的休閒好去處。

（原文寫於二零一五年）

■ 清溪川近清溪廣場的一段設有噴泉以營造熱鬧的氣氛

境外散策

悉尼海港之旅——岩石區的反思

　　探索海濱管理之旅，來到了堪稱世界上最美麗海港的悉尼港。説到悉尼，便不能不提岩石區 (The Rocks)。

　　岩石區坐落悉尼海港岸邊，是悉尼最古老的街區，也是澳洲原住民的發源地。第一個歐洲殖民地，就建在這片岩石凸起的海旁土地上。

　　十九世紀初期，這裏是個以貿易為主的地區。因此，除民居外，近海岸處還有一排排的倉庫建築。建於上世紀三十年代，著名的悉尼海港大橋，就從岩石區一端跨到北岸。

　　上世紀七十年代，政府決定把岩石區變成歷史旅遊區，將區內舊建築保留並活化再用，於是倉庫和一列列的排屋都搖身化作商店、畫廊、餐廳和精品店；兵營化成藝術館、劇院和酒店。街道旁滿佈露天茶座；低矮樓房之間的空地，在週末變成有過一百檔攤位的假日市集，售賣各式各樣的貨品，包括原住民工藝品、飾物、食物和家庭用品等。

　　穿過如迷宮般的小街小巷和迂迴曲折的山徑到達海旁，是個供大郵船泊岸的郵輪碼頭。遊人在岸邊閒坐散步，宏偉的悉尼大橋就在眼前，還可眺望不遠處的悉尼歌劇院。

　　沿着寬闊的海濱走廊再往環形碼頭 (Circular Quay) 方向走，一邊是繁忙的海港，另一邊是個偌大的草坪，任人躺臥，好不寫意。

　　今天的岩石區，不論是建築物或公共空間，一概由悉尼海港管理局 (Sydney Harbour Foreshore Authority) 全權管理。岩石區每年吸引過千萬的遊客，為悉尼市帶來豐厚的經濟收益。

不過成功並非必然，原來背後有一段發人深省的歷史故事。

政府在上世紀六十年代，以岩石區生活貧困，環境惡劣和擠迫為理由，計劃把當區重建成商業區。於是，舊倉庫老房子都要紛紛讓路給高樓大廈，原居民被迫遷離社區。當時草根出身的建造工會領袖傑克．蒙迪 (Jack Mundey)，不值因城市發展而讓發展商驅趕居民、破壞歷史兼拆散社區網絡，遂率領群眾起來反抗。一場抗爭迫令政府改變初衷，放棄原有計劃，改為保存整個歷史城區。富歷史價值的岩石區，最終逃過了被推土機殲滅的厄運。

悉尼人民都感謝這保衛岩石區免受破壞的英雄。在二零零七年，還把岩石區的一處命名為傑克．蒙迪廣場 (Jack Mundey Place) 以示表揚。今天在悉尼海港管理局為

■ 悉尼岩石區海濱，保存了十九世紀的舊建築，活化成餐飲和商店，令海濱區成為一個富吸引力的地方。

■ 悉尼海濱沿岸大部份地區都會用方形木頭分隔海岸與水體

推廣岩石區的宣傳海報上，印有傑克的近照；當日他因示威而被警察抬走的舊照片，還放在岩石區的官方網頁中。

值得反思的是，今日被認為是拯救並保育了悉尼重要歷史地區的人民英雄，原來就是那昔日不受歡迎的「搞事分子」。

「倘若岩石區和鄰近的海濱一早變成高廈林立的商業區，觀光客根本不會到來。」時任新南威爾士歷史建築信託基金會 (Historic Houses Trust of New South Wales) 主席，年近八旬的傑克於二零零七年在一個演說中如此說。至於那個沒有實現的推土式發展方案模型，至今仍然放置於港管局的辦公室內。

不禁搖頭嘆息，事隔三十多年，維港海濱的天星鐘樓、皇后碼頭，我們的舊街道老房子，又是怎樣的命運？不過，仍聽到有人說：「城市要發展，舊的不去，新的不來。」

（原文寫於二零二零年三月）

■ 岩石區以整個歷史城區式作保育，逃過被推土機夷為平地的厄運。

■ 每到週日，岩石區舉行露天市集，吸引不少遊人。

悉尼達令港——「把海港還給市民」

　　悉尼之行，當然不會錯過到達令港（Darling Harbour）這個世界首屈一指的海濱目的地一遊。

　　達令港，從前是個以貨運和工業為主的港口。上世紀八十年代，她搖身一變成為一個充滿活力的港灣，每年吸引過千萬來自全世界的到訪者。達令港的成功，更使她成為世界各大城市海濱發展借鏡的典範。

　　「達令」其實是總督的名字。在一八二六年為紀念當時悉尼總督芮福·達令（Ralph Darling），原名「長灣」（Long Cove）的港灣便易名為「達令港」。有人把達令港譯作「情人港」，那恐怕是個美麗的誤會了。一直以來，達令港是個以貨運和工業用地為主的港口，但時移勢易，工業式微，這個擁有長長海岸線的港灣逐漸變得冷清。

　　一九八四年，新南威爾士政府以「把海港還給悉尼市民」（Return It to the People of Sydney）的口號，宣佈重建達令港海濱區。八八年，悉逢澳洲立國二百週年，達令港向全世界開放。

　　在香港，我們說「還港於民」，也說了十六年了。我們的海濱願景：「朝氣蓬勃、交通暢達、富吸引力的海濱。」達令港早就做到了。

　　要成就朝氣蓬勃的海濱區，需要兼顧多個範疇。這些範疇，包括城市規劃、設計、建造、營運、管理和推廣等工作，缺一不可。

　　究竟，達令港的吸引力從何而來？

　　首先，海濱區要有活力，便不能單單是個公園。香港的海濱從來都當作公園般規劃（由城規會規劃作休憩用地）和管理（由康文署按《遊樂場地規例》管理），用途相

■ 達令港交通暢達，水陸之間活動
　頻繁，更設有浮橋方便乘客上落
　船隻。

■ 達令港海濱的行人步道，無時無刻都充滿
　當地市民及訪客。

對單一，與「朝氣蓬勃」還有一段距離。倘若海濱區的設
施和設計與市民生活息息相關，遊人便可在海濱花上一整
天，例如在海濱長廊散步，到戲院看電影，往商店購物，
逛逛博物館，再到餐廳進膳，到酒吧聊天，總之各適其
適。面積達六十公頃（包括二十八公頃水體）的達令港，
便設有購物中心、酒店、展覽館、會議中心、水族館、圖
書館、電影院和博物館；當然也少不了海濱走廊和公園，
還有一座摩天輪。達令港海旁有過百間露天酒吧、咖啡店
和餐廳，讓遊人可以一面進餐，一面欣賞海濱活潑景色。
可以說，達令港就是一個不分晝夜的吃喝玩樂好去處。

　　第二，有別於其他城市公共空間，海濱獨有的，自然
是水體。因此，海濱要有吸引力，除了海岸天然景觀外，
水上活動也不可或缺。達令港水上生機勃勃，海上交通亦
非常暢旺。海岸上有多個碼頭，讓渡輪、遊艇、水上的士
的乘客上落。水上還可進行獨木舟、帆船和龍舟競賽等水
上活動。事實是，悉尼海港的水體，除了作為水路交通網
絡外，也是一個水上消閒區。

　　第三，是水陸互動。渡輪和水上的士接載乘客往來悉
尼各海濱區，這些搭建在水中的碼頭又成為遊人進一步親

■ 達令港沿海濱一帶滿佈食肆和娛樂場地,為海濱　　■ 海濱還設有摩天輪讓旅客飽覽達令港景色
　區增添吸引力。

近水體的公共空間。有別於香港維港,悉尼港水上交通發達,海岸隨時隨地方便乘客出入,水體與陸地之間都沒有欄杆阻隔。海濱沒欄杆,悉尼人早就習以為常,是居住在欄杆之城的香港人才會大驚小怪。再者,在悉尼,於海濱活動的人遠比香港多。

第四,是營運和管理。達令港的管理者(現為 Property NSW,前身是悉尼海岸管理局)在該區於不同時間舉行不同類型和規模的活動,並為活動作宣傳和推廣。例如每年舉行音樂會、藝術節、節日表演、燈光和煙花匯演,又例如在公共空間舉行不同的展覽和活動等。當海濱節目多元多變,便可吸引到不同喜好的市民和旅客前往海濱。

筆者對上一次到訪達令港,是二零零九年。到二零二零年這天前來,發現不少地方已經改變。達令港作為世界級海濱始祖,開幕至今已超過三十年。當全球城市陸續爭相仿效地進行海濱發展,難免導致達令港新鮮感不再。要保持當初的吸引力,唯有與時並進不斷更新。

(原文寫於二零二零年三月)

■ 為了保持吸引力，達令港不斷更新。新的會議展覽中心在二零一六年底開放。

■ 海濱長廊上設有電子顯示屏幕裝置以取代昔日的海報板，向遊人宣傳不同的節日活動。

斯德哥爾摩海濱散步

　　北歐海濱城市之旅的第二站，來到瑞典的斯德哥爾摩。

　　雖說瑞典以先進創新科技和時尚設計見稱，但來到首都斯德哥爾摩，始發現這是一座充滿古老優雅建築的城市，跨越八百年的歷史建築，統統都保存得整潔明亮，實在令筆者讚嘆不已。

　　在這個由十四個島嶼組成，以七十座橋樑連接的水上城市，渡輪便成為往來島嶼的交通工具。要一睹斯德哥爾摩的美麗景致，乘坐渡輪遊覽便是必然的選擇。

　　事實上，不論是乘坐渡輪在橋底下穿梭往來，或是在橋面漫步遨遊，都可充份體驗這座海濱城市的多元化和活力。

　　一到夏天，愛好戶外生活的北歐人和旅客令海濱遊人如鯽，海上交通亦非常熱鬧。我發現，海濱地帶必然有非常寬敞的海濱走廊，還有單車徑，而且一定有充裕的座椅，要坐要臥悉隨尊便。斯德哥爾摩城非常重視海濱的「可達性」，因此為了方便遊客上落船隻，或讓遊人親近海濱，這裏的海濱都不設欄杆。一些地方更以梯級式的設計，遊人可以悠閒地坐在梯級上談天看海，非常寫意。海濱長廊上還不時有街頭表演者，吸引途人駐足欣賞。

　　我想，對歐洲人來說，海濱沒欄杆應該是常識吧。有人跌落海怎辦？我發現，海旁的燈柱上是掛着救生圈的。

　　走過連接各島嶼的橋樑，從橋上看海，海道上除了作為交通工具的渡輪外，還有帆船、獨木舟、汽艇和遊艇。可見在這城市，海面亦是一個消閒區，令海港充滿朝氣。

　　我住的酒店前面就是碼頭，從早到晚停泊着大大小小

■ 海濱旁邊設置了一座梯級，讓遊人在梯級上閒坐看海。

的船隻，觀光遊覽船就在這裏上落旅客。

　　值得一提的是，碼頭旁邊的海濱長廊，每隔二十步便有一幢一層高的鐵皮屋，而且每幢的功能和設計都不同。建築師用金屬板砌成不規則的形狀，與背後工整規矩的歷史建築形成強烈的對比，也為這古意盎然的城市注入幾分現代感。

　　這些極具創意的細小建築，有用作便利店的，有作展示船期資訊的，有作售賣船票的，也有作咖啡店的，外面便是露天茶座。其中一座最有趣，竟然是一座梯級式的看台，看台面向海港。不時看見來自世界各地的遊人三五成群地聚集聊天，也有獨個兒在日光下看書聽音樂的，總之各適其適，自由自在。

　　在斯德哥爾摩這個美麗海濱之城留了五天，幸運地每天都是天色晴朗、陽光燦爛，我每天都經過這段海濱

■ 斯德哥爾摩海濱一層高的「鐵皮屋」，設計奇趣，可作小食亭、
資訊中心和售票處等不同用途。

長廊，徘徊於這幾幢鐵皮屋之間。我在想，將來的中環新
海濱，當然不會只是用作公園，必須有不同的商業配套以
吸引遊人，例如咖啡座、小食亭和小商店等。我在想，就
讓年輕建築師和設計師發揮創意，建一些活潑有趣的建築
物，令海濱更添活力吧。

（原文寫於二零一四年八月）

■ 北歐城市的海濱沒有欄杆，方便乘客上落船隻，並以梯級式設計讓遊人隨意坐臥。

奧斯陸海濱的啟示

■ 阿克爾碼頭的海濱以梯級式設計，方便市民親近水體。

在歐洲，富吸引力的城市空間隨處可見。除了街道和廣場，還有海濱。

離開丹麥哥本哈根，來到了北歐之旅的第二站——挪威奧斯陸這個著名的海港城市。

北歐的夏天，日長夜短，天氣溫和，但也驟晴驟雨。下雨時，我們便躲進博物館觀看藝術品。太陽出來，便走到街頭的公共空間，體驗當地人喜愛的戶外生活。就近奧斯陸市中心這個叫阿克爾碼頭 (Aker Brygge) 海濱區，逗留四日間便走了三趟。

阿克爾碼頭在上世紀八十年代之前，是個船廠和工業區。後來搖身一變，成為今天所見的一個廣受本地市民和遊客歡迎的休閒海濱區。海濱以「地區營造」(Place Making) 方式規劃，整個地帶劃作行人專用區，不受汽車的干擾。寬闊的海濱走廊地上鋪上了木板，旁邊都是低矮的建築。沿着海濱的建築物有新有舊，不少建築更是由以

■ 海濱設有特色餐廳，讓遊人可於室內或室外用餐及欣賞美麗風景。

前的工廈活化變作新用途。樓上是商店辦公室和住宅，而地面則絕大部份是餐廳酒吧和咖啡座，當中一半的座位，都在戶外。在海濱的盡頭處，還有一座新建成，由意大利建築大師倫佐‧皮亞諾設計，以天幕覆蓋的美術館——阿斯楚普費恩利美物館 (Astrup Fearnley Museet)。美術館前面，還有一個戶外雕塑公園和人工沙灘。

我們下了車，海濱之旅就從諾貝爾和平中心 (Nobels Fredssenter) 前的海旁廣場展開。這個風和日麗的下午，海濱人潮如鯽。有準備乘搭渡輪的，有在海濱開逛看風景的，有在露天餐廳享受美食的，有只想成為人潮當中一分子的；沿途還不時看見藝術家在街頭表演，吸引遊人駐足欣賞，好不熱鬧。海旁還有兒童遊樂場，孩童們一面對着大海，一面開心地玩樂。

若嫌海鮮食肆價格高昂，海濱還設有幾座較平民化的熱狗檔和雪糕檔。遊人可坐在長椅上用餐，或乾脆邊

■ 海上設有用躉船改裝而成的露天酒吧，增強了海濱的水陸連繫。

走邊吃。

為了讓遊人近距離接觸海港，這裏的海岸以梯級式設計。沿海濱梯級拾級而下，可直達海面。只見不少遊人坐在鋪上木板的梯級上，或是三數知己閒聊，或是吃着雪糕，靜看藍天碧海，享受燦爛陽光。在這裏，如果你問「為何海濱沒欄杆？」這將會是個蠢問題。你要蹈海，就悉隨尊便吧。你怕跌落海嗎？請你小心走路好了。

要把海濱做到朝氣蓬勃，不單岸上設施要多元化，海上活動也不可或缺。阿克爾碼頭緊貼岸邊的海面上，除了有遊艇停舶，供船隻上落的碼頭，還有一所巨型的水上露天酒吧。酒吧由浮在水面的躉船改造而成，要前往就要經過一道浮橋。這一刻，酒吧內幾乎座無虛席，一眾食客談天說地，在海邊吹吹風，曬曬太陽，充盈着一片歡樂的氣氛。

今天的維港海濱，也有海濱長廊和公園，也是市民休閒的好去處。但我們的海濱都是靜態的，只有圍圍種植，

■ 水中的藝術雕塑令海濱更具吸引力

卻欠缺活動。空曠有餘，但活力不足。要達致「朝氣蓬勃和富生命力的海濱」這個願景，還有一大段距離。

　　這一刻，我坐在岸邊的梯級上，咬着剛從小賣檔買來的熱狗，呼吸着清新的空氣，感受着這充滿活力的海濱。腦海裏又一再重複浮現這個問題：「眼前的景象，還要等到幾時，才可以在我們的維港海濱發生呢？」

（原文寫於二零一四年八月）

境外散策

■ 奧斯陸海濱的歌劇院由斯諾赫塔 (Snøhetta) 設
計,猶如一座冰山。

■ 由倫佐・皮亞諾設計的阿斯楚普費恩利美物館坐落在阿克爾碼頭海濱末
端,旁邊有大草坪。

■ 維特拉園區內的設計博物館是法蘭克‧蓋瑞 的作品

漫遊維特拉園區，與建築大師相遇

　　人在歐洲，要一次過看盡法蘭克‧蓋瑞、札哈‧哈迪德、安藤忠雄、赫佐格和德默隆，以及妹島和世與西澤立衛等眾多世界級建築大師的作品，維特拉設計園便是一個不可不到的地方。

　　維特拉是一間著名的瑞士家具設計製造商，但其陳列室和廠房卻是設在德國和瑞士交界處，位於萊茵河畔的德國小鎮魏爾。一九八一年的一場大火，把廠房大部份建築物燒毀了。但老闆卻找來多名斐聲國際的建築大師，在三十年間陸續在園區內興建廠房、消防局、辦公室、會議中心、博物館和陳列室，遂令維特拉變成了地球罕見的建築博物館，每年招徠絡繹不絕的朝聖人潮。（參第三十七至三十九頁）

　　要找維特拉一點都不難，從瑞士巴塞爾 (Basel) 市中心乘坐巴士約二十分鐘便可抵達。巴士來到維特拉車站，眼前的景象已教人興奮莫名。「噢，這是安藤忠雄，這是法蘭克‧蓋瑞，這是赫佐格和德默隆⋯⋯」一座座的大師

■ 一道天橋連接左右兩幢長方形的廠房，天雨時會降低作擋雨用途。導賞員
　解說是為免遮擋前方札哈·哈迪德設計的消防局。

級建築，既近在咫尺，又互不干擾。

　　我們甫下車，便朝着設計博物館(Vitra Design
Museum)方向走去，前面是一座白色外牆灰色屋頂的建築
物，由不規則的弧形和直線組合而成，有如一件放在大草
坪上的雕塑，非常耀目。一看便知是蓋瑞那充滿玩味的建
築風格。

　　我們來不及走進博物館內觀賞，皆因要趕及正午十二
時開始的導賞團。在這裏，不參加導賞團是不能進入廠房
範圍的。即是說，不買票，便無緣與隱藏在園區深處的札
哈和妹島相遇了。

　　導賞員先帶我們看兩幢在車路旁一左一右的長方形
廠房，分別由英國建築師尼古拉斯·格雷姆肖(Nicholas
Grimshaw)和葡萄牙建築師阿爾瓦羅·西扎(Alvaro Siza)
設計。前者用鋁板作外牆，建成於一九八六年。後者的外
牆則用紅磚，建成於一九九四年，據說是參考當年被燒掉
的廠房而設計。最矚目的，是廠房上空橫跨馬路的一道弧
形天橋。天橋搭在兩座建築物的屋頂，導賞員解說：「這
座天橋的功能，是讓走在兩座廠房的工人作擋雨之用。天
橋架在高處，是為了避免遮擋在馬路較前處由札哈·哈迪

■ 消防局以清水混凝土建造，東歪西斜的造型是札哈‧哈迪德早期作品的特色。

德設計的消防局。」但架得這樣高又怎擋雨呢？原來天橋
有機關，下雨時天橋可以降低高度，晴天時又可升回原
處。筆者聽後忽然明白：「各路建築大師識英雄重英雄，
做建築都會互相尊重。」

　　我們一直往前走，終於來到札哈的首座落成建築物，
一座以橫向線條和尖銳稜角造型的消防局。

　　兩層高的建築物外形獨特，落成於一九九三年。導賞
員說：「札哈‧哈迪德在一九八三年從一個香港的建築設計
比賽中勝出而一舉成名。但由於她的設計太前衛，眾人都
認為不切實際，沒人敢聘用，令札哈獲獎往後多年都只是
一位『紙上建築師』。唯有維特拉的老闆獨具慧眼，聘請
札哈在園區做真實的建築；但卻認為，別讓她做廠房和辦
公室（老闆也覺得她不切實際嗎？）。既然園區曾受大火破
壞，有必要自設消防局。這幢消防局，就讓她做好了。」

　　於是，一所四處尖角東歪西斜的建築物便因此誕生。
這座由清水混凝土建成的建築，平面沒有一對平行線，亦
沒有一幅垂直的牆壁，房間也沒有一個直角。地面是停泊
消防車的地方，連接兩層樓的樓梯也是窄窄的，追求速度
的消防員要上落也絕不容易。還有，洗手間和更衣室的牆

境外散策

■ 札哈·哈迪德設計的消防局，是她的首座落成的建築物。

■ 消防局內部。窄長樓梯被消防員認為不方便上落。建築物現已改作展覽用途。

■ 消防局內部的展覽空間

壁和鏡子都是傾斜的，實在令在內當值的消防員們頭暈目眩。

後來，小鎮興建了另一座消防局，札哈這幢建築便改作展覽廳和活動室。說實在，這幢充滿奇特空間感的建築物，做博物館總比做消防局更合適吧。

（原文寫在二零一三年八月）

尋找簡約與寧靜

　　世界級建築大師的作品，外形不一定是標奇立異的。這一篇，筆者將帶讀者參觀維特拉園區內兩座分別由妹島和世與安藤忠雄兩位日本建築大師設計的作品。

　　我們隨導賞員離開了札哈‧哈迪德的消防局往園區的南面走，眼前出現的是一座偌大的白色建築物。建築物平面呈圓形，樓高一層，遠看就像一片外圍塗滿白色鮮忌廉的生日蛋糕。這是落成於二零一二年，由妹島和世與西澤立衞設計的廠房大樓。

　　大樓佔地二萬平方米，是園區內佔地最大的建築物。地面一層樓高 11.4 米，室內是個直徑超過 160 米的大圓形，用作廠房、辦公室和貯貨區；地底一層是個停車場。為了令這座龐大建築看來更輕巧，建築師在外牆用料和細部設計上花盡心思。圓形的外牆是混凝土結構，用來承托屋頂。外牆的表面便鋪上了由不同闊度和弧度組成的波浪形的丙烯 (acrylic) 板。變化多端的白色波浪形外牆，就像一幅雪白的布帘把圓周覆蓋。導賞員還打趣地說：「你們終於看見甚麼是真正的幕牆 (curtain wall) 了。」

　　導賞員繼續說：「由於廠房位處的範圍較近民居，維特拉要加建廠房，卻受到附近居民的反對。居民都不願見到另一幢工廠大廈。於是，老闆找來妹島和世，設計了這座不像工廠的工廠。」筆者一邊聽導賞員的講解，一邊看妹島這座白色建築，心想：「老闆確實找對了建築師，妹島的建築，低調而溫柔，從來不以奪目耀眼為目標。」這座建築，在陽光普照時就像飄浮在蔚藍天空的一片白雲，到了漫天飄雪的寒冬，又隨時隱沒在白色雪地之中。更重要的就是，左看右看都不像工廠哩。

■ 妹島和世在維特拉園區內的圓形廠房

■ 廠房外牆表面鋪上由不同闊度和弧度組成的波浪形的丙烯 (acrylic) 板。變化多端的白色波浪形外牆，就像一幅雪白的布帘把圓周覆蓋。

這座看似圓形的建築物，事實卻並非完美的圓。妹島認為對稱的圓太沉悶，太死板。終於做了這個稍微扭曲的圓形，就像小孩子不用工具而徒手畫成的圓圈一樣。看着這個圓圈，筆者彷彿又看見妹島大師心中那充滿童真的小女孩了。

離開工廠區，我們再回到園區的入口處，參觀安藤忠雄為維特拉設計的會議中心。

這座建成於一九九四年以清水混凝土建造的建築物，是安藤在歐洲的第一座建築。會議中心位於博物館旁邊，相對於法蘭克·蓋瑞那外形有如一座舞動雕塑般的博物館，安藤的建築卻顯得格外內斂，且充滿禪意。

要入屋，便從大門進入吧。但要進入安藤這座建築，便先要走過安藤

■ 廠房內部，妹島和世利用上空的天窗把陽光透進室內。

特意設計的一段小徑。安藤在會議廳的正門外造了一幅比人更高的 L 型的清水混凝土牆，遊人入屋前便先要沿牆邊走過這段窄得只夠一個人通過的長廊。導賞員要我們排成單行一個跟一個，更要保持寧靜，像小學生排隊般緊貼牆壁向前走。「安藤就是希望遊人這樣進入建築物內。」我們照做，只見長廊旁邊的草坪上種滿了櫻花樹，混凝土牆身還印下了櫻花樹葉。走這段路，就是讓人沉澱心情，在進場前準備自己。

走到會議室，門外還掛上了幾幅安藤的建築草圖，會議室內的一幅落地大玻璃讓外面大草坪和櫻花樹的景致呈現眼前。建築物原來有一層地庫，地庫外邊個下沉庭院。雖然建築物臨近公路，但下沉庭院卻是格外寧靜。在這裏，一眾遊人都不發一言，靜靜地在庭院內走動，及靠在混凝土牆邊拍照和寫生。

沒有誇張的外形，沒有多餘的裝飾。安藤忠雄就是以簡約的建築手法，在嘈雜中創造寧謐，造出了觸動人心的空間。

（原文寫於二零一三年八月）

境外散策

■ 進入維特拉園區的會議中心，須跟安藤忠雄設計的特定路線，沿清水混凝土的牆邊走過。

■ 會議室內的落地大窗戶把室內與室外連接起來

■ 安藤忠雄愛用清水混凝土及幾何形狀設計出自成一隅的半室外空間

維特拉展示中心——層層疊疊的奇趣建築

看過兩座由日本大師設計的建築物，我們回到維特拉園區北面的公路旁邊，參觀這座由瑞士建築師赫佐格和德默隆設計，落成於二零一零年的家具陳列廳——維特拉展示中心 (VitraHaus)。這幢建築，就是用作展覽維特拉出產的家居擺設。

單看展示中心的外表，已教人眼前一亮。有別於安藤忠雄的寧靜內斂，也有別於妹島和世的低調溫柔，赫佐格這座建築，就像一個頑皮的男童不依章法地玩積木，既矚目又充滿奇趣。

建築師把十二幢長條狀的尖頂屋子互相堆疊，造成了這座樓高五層，高度 21.3 米，是園區內最高的建築物。

一直帶領我們走遍園區的導賞員說：「這幢建築物以本地典型的住屋建築作單元，這些房子都是三角形屋頂的。赫佐格和德默隆卻一反傳統，不把這些單元橫向排列成為建築組群，而是先把典型房子橫向地延伸成長條形，再像玩層層疊般向上堆疊，成為一座立體交錯的垂直城市。」

「這幢外觀充滿趣味的建築物，看似雜亂無章，但其實是經過周密的結構計算。」對，單看那些令屋子有如浮在半空的懸臂式的結構，便知道建築師不是亂來。

建築師以簡單的單元，經過垂直交錯的組合變成複雜的立體空間，箇中的設計功力實在令人讚嘆。

每座屋子外牆是木炭色的油漆，牆上沒有窗子，除了兩端的山牆 (gable) 部份。屋子山牆全幅用了落地大玻璃。

要走進大門，先要經過一個地面上一個鋪上木地板的公共空間，抬頭可看見屋子交錯下形成的不規則形的天

■ 赫佐格和德默隆設計的維特拉展示中心，
以當地典型的住屋作單元，再把它們層層
疊起，成為一座立體交錯的垂直建築物。

■ 每座屋子外牆是木炭色的油漆，牆上沒有窗
子，除了兩端的山牆部份。屋子山牆全幅用
了落地大玻璃。

井。「你們要先乘電梯到達五樓，然後由上而下的參觀，
這是建築師指定的路線。」筆者心想：「這些建築師真不
得了，要你怎走便怎走。」想罷，還是照做。

到了頂層，電梯門打開，眼前就是一座尖頂的房子，
室內都是全白色的，就是用來襯托色彩繽紛的家具擺設。
終於明白，建築師的理念就是要讓陳列品放在「家」一般
的空間，而非那些偌大樓面的展覽場。屋子盡頭山牆的大
玻璃外面就是壯麗的山巒景致；另一端的山牆，外面還有
個露台。走出露台，可欣賞園區內的其他建築及設施，眺
望遠方的巴塞爾市的風景。

室內各樓層以螺旋形樓梯連接，遊走於維特拉展示中心，可以一面細看設計獨特的家居擺設，一面窺探窗外的自然景觀。走累了，又可隨意在沙發上休息、看雜誌。說實在，走在這錯綜複雜有如迷宮卻充滿趣味的室內空間，花上整個下午也不足為奇。

　　最後，我們又回到地面。地面除了有個禮品店，還有一間可連接戶外的咖啡室。我喝着咖啡，看着周邊熙來攘往的遊人，心裏還是佩服維特拉老闆的智慧和熱誠。幾幢大師級建築，每年為維特拉帶來成千上萬遠道而來的朝聖者。

　　導賞員在介紹維特拉展示中心時也曾說過：「在這裏，日間和夜間的景致是截然不同的。在白天，屋子的大玻璃窗把美麗的自然景觀帶進室內。到了晚間便恰好相反，室內變成發光體，通過大玻璃變成有如燈籠般照亮整個園區。」

　　不過，歐洲夏天日長夜短，我們無暇等到日落，晚間風景，唯有看照片好了。

（原文寫於二零一三年八月）

■ 維特拉展示中心室內用作家具展示場。從山牆的落地大窗可以眺望屋外景觀。

■ 維特拉展示中心主入口。赫佐格和德默隆以螺旋形樓梯連接各樓層。

www.cosmosbooks.com.hk

書　　名	建築・交響・夢
作　　者	吳永順
責任編輯	林苑鶯
美術編輯	郭志民
出　　版	天地圖書有限公司
	香港黃竹坑道46號新興工業大廈11樓（總寫字樓）
	電話：2528 3671　傳真：2865 2609
	香港灣仔莊士敦道30號地庫（門市部）
	電話：2865 0708　傳真：2861 1541
印　　刷	亨泰印刷有限公司
	柴灣利眾街27號德景工業大廈10字樓
	電話：2896 3687　傳真：2558 1902
發　　行	香港聯合書刊物流有限公司
	香港新界荃灣德士古道220-248號荃灣工業中心16樓
	電話：2150 2100　傳真：2407 3062
出版日期	2021年7月初版・香港